生贄妃は天命を占う

黒猫と後宮の仙花

尼野ゆたか
原案：佐々木禎子

富士見Ｌ文庫

もくじ

山森図経　巻六　境世図経

閭国の索璞、これを伝う

人衆の集まる所、日と月を以て照らす。故に明世と称す。
神獣の住まう所、幽玄にして限り無し。故に幽世と称す。
明幽の重なる所、人と神との境を為す。故に境世と称す。

序「境帝を占い高官に昇る」

——いや、信じろっていうのが無理な話じゃない？

鏡の前で、離月麗は立ち尽くす。

床まで垂れる筒状の長裙を穿き、その上から一重の衣である衫を羽織るようにして着るという出で立ちである。その組み合わせ自体は、一般的な女性の服装だ。色合いは赤を基調としたもので、これもおかしいところはない。

月麗が問題にしているのは、その上質さだ。何というか、滅茶苦茶高価そうである。もうちょっと他に言い方はないのかという話だが、贅沢とは無縁な人生を送ってきたため、滅茶苦茶高価そうな服のことは滅茶苦茶高価そうとしか表現できない。それ以上の語彙力を求めるのなら、まずどこかの公主として生まれ変わるところから始めさせてほしい。

ちなみに服だけでなく、腰に巻いている帯も凄い。色とりどりの美しい宝玉があしらわれた、豪華な玉帯なのである。見ていると威圧されてしまう。月麗が玉帯を巻いているのか、玉帯に月麗が巻かれているのか、はたしてどちらなのかというほどの力関係である。服にせよ玉帯にせよ、本来月麗が着こなせるような代物ではない。何しろ月麗ときたら、目がぐりぐりで眉は太く、髪も短ければ肌もつやつやということもなく、子供（しかも男の子）と間違われることさえよくある面立ちなのである。その顔で高価な服やら豪華な帯やらを身につけたら、ちぐはぐこの上ない感じになるはずだ。

しかし、そんなことはない。なぜか？　理由は簡単だ。今の月麗が、月麗が知るどんな月麗よりも、優美に粧われているからである。

目尻に差された紅が、ぐりぐり瞳を艶やかに色めかせる。眉は整えられた上に黛が引かれ、名のある書家の筆遣いを思わせる端麗な姿へと生まれ変わっている。

髪に至っては、複雑かつ華やかな形に結い上げられていた。その上で、いくつもの煌びやかな髪飾りで美々しく彩られている。最早芸術だ。

本来、月麗の髪は芸術とはまったくかけ離れた存在である。多分松の葉っぱとかの方が分類としては近い。つまりこれは地毛ではなく、女性用の特髻なのだ。

作り物なのに、とてもそうとは思えない。そっと撫でれば、艶と張りと潤いとが一度に感じられる。きめ細かで、さらさら。月麗の地毛より、髪としての格が遥かに上だ。

自分の顔に、魅入ってしまう。これではまるで、お妃様か何かのようである。

「――ううん」

呟いて、月麗は首を横に振った。

みたい、ではない。月麗は本当にお妃様なのだ。なぜか、そうなってしまったのだ。

「こうしちゃいられない。そろそろ逃げよう」

そして月麗は決断を下した。今の格好がいやだ、というわけではない。月麗とて、人並みの煩悩は持ち合わせている。素敵な服は着てみたいし、艶やかにお化粧もしてみたい。

しかし、そういうわけにはいかないのだ。たとえどんぐり眼と松葉の髪に戻ろうとも、逃げるしかない。ここに長居していたら――喰らわれてしまうのだから。

「よし」

月麗は、一つの鞄を手にした。月麗の私物が入った鞄だ。今まで見てきた諸々とは打って変わって、大変おんぼろである。高価でもなければ宝玉があしらわれてもいないが、肩紐が二つついていて背負えるようになっている。機能性は優秀である。

月麗は鞄を背負った。高価な服装に、艶やかな化粧に、美しい髪に、おんぼろの鞄。青々とした春の野原に突如朽ち果てた切り株が出現したかのような不調和さだが、そんなことを言っている場合ではない。早く逃げないと、昔話のように喰らわれてしまう――

「邪魔をするぞ」

突然、そんな声が部屋に響いた。一人の男性が、部屋に入ってきたのだ。

月麗は固まる。――やって来たのだ。月麗を喰らおうとする、その相手が。

「遅くなった。政務が立て込んでいてな」

黒い瞳が、深く静かな光を湛えている。何を考えているのか容易に悟らせない深遠さと、何が起こっても簡単に動じない冷静さを感じさせる。

高い鼻と形のいい唇は、目や顔の輪郭とあわせて見事な均衡を保っている。ふわりと流れを付けた黒一色の髪は、月麗の特髻と遜色ないほどに美しく艶めいていた。しかし、あちらは自らの髪だろう。とってつけたものではない、自然な柔らかさが感じられる。

当代随一の役者、と言われても納得してしまうほどの見目の良さだ。しかし一方で、役者のような――というありがちな形容を拒むものを漂わせてもいる。

それは、高貴さだ。役者が卑しい人種だというのではない。彼の佇まいに、半ば人の身から離れたかのような尊さが滲み出ているのだ。

身に纏っているのは、美しい模様が丁寧に縫い取られた長袍。その布の色は、紫である。

かつて学んだ知識が蘇る。その昔、紫という色は神と天とに通じる最も高貴な色とされていたという。その色を用いた服を着ることが許されていたのは、国に――ただ一人。

「皇帝陛下ですか」

そう訊ねてから、自分の言葉遣いの大雑把さに気づく。「あらせられますか」とか「そのご竜顔はもしや」「ははー皇帝陛下のおなりー」みたいな方がよかったのではないか。「口の利き方が生意気だ。処刑する」みたいなことになったらどうすればいいのか。喰らわれるのと処刑されるのとどっちがつらいだろう。うーんどっちもつらそう。

「いかにも帝だ。正しくは境帝である」

究極の選択を前にして月麗が苦しんでいると、男性──帝は鷹揚に頷いた。

「ふむ」

帝が、月麗を見つめてくる。致し方ないことだが、こんな美男子と視線を交わすと月麗の胸は高鳴ってしまう。顔は熱くなるし、視線は勝手に別の方向へ逃げ出してしまう。

しばらくしてから、ちらりと目を戻す。何が面白いのか、まだ帝はこちらを見ていた。

再び目を逸らしつつ、月麗は考える。そう言えば、輿入れの儀式では一言も交わしていなかった。自己紹介した方がいいのだろうか。

「わたし、姓は離、諱は月麗、字は日天と申します」

つい普通に名乗ってから、はっと気づいた。

「違いました。えー、コセンヒです」

そう、普通に名乗ってはいけない。月麗は、コセンヒなる妃の身代わりなのだ。様々な巡り合わせと巻き込まれの果てに、そういうことになったのだ。

「改めまして、コセンヒです。ようこそコセンヒの宮へ」

言ってから、恐る恐る帝の顔を見やる。帝は、内心を悟らせない表情で月麗を見返す。

「どうした。何か疑問でもあるのか」

帝が、そう訊ねてきた。いや、相手は帝だからご下問があったとかなのだろうか。

「いえ、特には」

　帝のご下問に対して、月麗は謹んで曖昧な奉答を行った。

「分かった。では次の問いだ。俺はお前のことを知りたいと望んでいる。お前はどういう女だ。包み隠さず述べてみよ」

　帝は次の質問をぶつけてきた。えらく硬い口調だ。標準的な皇帝と妃の会話というものを月麗は知らないが、とりあえず何か違うような気がする。これは、将軍に「国境の防備はどうなっている」とか聞く時の空気感ではないだろうか。

「えーと」

　それはさておき、実に難儀だ。コセンヒとは何者なのか詳しく教わっておらず、説明しようがない。月麗自身の生い立ちは「小さい頃に孤児になり、師に拾われ旅をしながら学問や占術を教わり占筮者になりました」という徹底的にお妃と無縁なものであり、応用しようがない。早急に違う話題を用意して、話を逸らさねば。

「うーんと」

　月麗は天井を見上げる。そこには、明かりが点されていた。天井から提灯のようなものが吊り下げられていて、部屋を隅々まで照らしている。——あ、これいいかも。

「この明かりはどういう仕組みなのですか？　夜なのに、昼間のように明るいですね」

　月麗はそう聞いてみた。実際、不思議である。下に立っても熱くないし、何かが燃えるような匂いもしない。ただ、明るい。太陽の光を、ここに閉じ込めているかのようだ。

「妖術だ」

涼しい顔で、帝は言った。

「妖術ですか」

難しい顔で、月麗は思う。そんなバカな。

しかし、否定はできない。既に月麗は、おかしな出来事を沢山経験しているのだ。

「さて、俺はお前の質問に答えた。お前も俺の質問に答えてもらおう」

帝が、そう言ってきた。どうあっても、話を逸らすつもりはないらしい。月麗はうーんうーんとひたすら視線を彷徨わせ、そして——唐突に閃いた。天才！　わたし天才かも！

「どんな女かというと、占筮という占いの技術を身につけた女だったりします」

嘘ではない。コセンヒではないことに触れず、正体が占い師であることも伏せ、しかし事実を述べる。まるで繊細な宝石細工の如き回答である。本当に月麗は天才だったようだ。

「善哉。占いとは面白い。俺を占ってみろ」

繊細な宝石細工は、ただの一撃で粉砕された。やはり月麗は天才ではなかったようだ。

「陛下を、で、ございますか」

体の所構わず、冷たい汗が噴き出る。月麗が得意とする占筮は、しばしば死ぬとか滅びるとか牢獄行きになるとかいった誤魔化しようのない占断が下る。歴史の書を紐解けば、主君を怒らせ殺される羽目になった占筮者の姿がそこかしこに見出される。

「おそれながら、わたしは未だ修業中の身。巷間の四夫四婦を占うことがやっと。一天万乗の君を占うことは荷が重うございます」

普通の人ならいざ知らず皇帝とか無理です、という本音を美辞麗句もどきで包む。これまた嘘ではない。今まで占ってきたのはみな庶民だ。突然皇帝を占えと言われても困る。

「俺は身分や肩書きで相手を判断しない。だからお前も畏まらなくてよい」

帝はそう言った。大変立派な心がけだが、この場にあっては単に迷惑なだけである。

「――これは、占筮者としての勘なのですが」

月麗は、きりりと表情を引き締めた。何でもいいから、理由を付けて断るのだ。

「今日は調子が出ない気がします。多分あと一月二月は出ない気もします」

「ほう。俺に抗うか」

帝が、きっと月麗を見据えてきた。しまった。悪手だったか。

「えー、あー、そう！　星の巡りとか何かそういうのが――」

「陛下！　恐れながら申し上げます！」

必死に取り繕っていると、部屋の外から甲高い声が聞こえてきた。

「工部尚書が参上されています！　至急陛下への上奏を取り次ぐべしとの仰せです！」

甲高い声が、そう続けた。不思議な声だ。勿論男性のものではないが、女性のものでもない。少年や少女というのも、何か違う。

「今は忙しい。明日の朝に受け付けると伝えろ。そもそも、工部の専門は土木ではないか。夜の内に俺の採決が必要となる用事などあるまい」

帝がそう答えた。やや不機嫌そうにも聞こえる。

「それでも、何としても今上奏なさりたいとのことです。忠義の魂に突き動かされて参られたそうで、『陛下のお怒りを買い、肝脳地に塗ることも覚悟の上』との仰せです」

「やめさせろ。あの年寄りの肝や脳髄を地面にぶちまけられたところで、俺にもこの国にも何の益もない。――ああ、分かった。行くと伝えろ」

帝は深々と溜め息をつく。

「俺は仕事が入った。行かねばならぬ」

「そうですか！」

思わず声が弾んだ。あわやというところで助けが入ったといえる。工部尚書さんへの感謝の気持ちで、月麗の胸はいっぱいだ。肝も脳味噌も大事にしてね。

「ああ。手早くやってくれ」

ほっとする月麗に、帝がそんなことを命じてきた。

「え？　手早く？」

「いかにも。時間がない」

思わず聞き返すと、帝はうむと頷いてきた。

「それは、ちょっと。占うには道具やら何やら色々準備が必要ですし、占筮の理論や文言は難解なんです。お伝えするには、丁寧に分かりやすくご説明申し上げる必要があります」

道具を準備し、占い、結果が出ればそれを依頼者と共に読み取る。これが占筮の流れだ。未来とは、手続きなしで直接観ることができるものではない。――まあ、本当にごく希に本当に『観える』人間はいるのだけど。月麗は、それをよく知ってもいるのだけど。

「そう真面目にやらなくてもいい」

帝の言葉に、月麗は引っかかった。ちょっと扱いが軽い、気がする。

「難しい話は必要ない。されても理解できんだろう。それらしく要点が分かればよい」

違う。ちょっとどころではなく、軽い。相当、とんでもなく――なめられている。

「いたしかねます」

そう感じた瞬間には、月麗の口から強い言葉が飛び出していた。

「何だと」

帝は、驚いたように目を見開く。

「分かりやすく説明するというのは、いい加減に省略するということではありません。その意味するところを正しく伝えられるよう、真心を尽くすということです」

そんな帝の目を、月麗は真っ直ぐ見据える。目線ごと帝をとっ捕まえるつもりで、睨みつける。たとえ帝でも、月麗の占筮をいい加減に扱うことは許せない。

「占筮は、天に問い、地に訊ね、人と計るものです。真面目じゃなくていい、テキトーな占いでいいと仰るなら、そこら辺の花の花びらでも一枚一枚千切ってくださいませ」

啖呵を切ってから、月麗ははっと我に返る。言い過ぎた。これは大変だ。肝や脳味噌が危機に晒されているのは、工部尚書さんではなく月麗の方である。

「そうか」

帝は静かに頷いた。ああ、処刑されてしまう。梟首（晒し首の刑）だろうか。腰斬（体真っ二つの刑）だろうか。車裂（馬で引っ張り八つ裂きの刑）だろうか。どれもいやだ。死ぬほどいやだ。いや死ぬんだけど。

「すまなかった。急ぐあまり、失礼なことを言ってしまったようだ」

絶望する月麗の前で、帝がそう言った。

「え？　すまない？」

「いかにも。これは俺の過ちだ。俺は自らを罪せねばならぬ。許せ」

思わず聞き返すと、帝はそう詫びてきた。

「お前にとって、占筮とは本当に大切なものなのだな。今後、それを侮るかのような言動は厳に慎む。これでいいだろうか」

少しだけ、頭を下げることさえした。

「俺はお前の占いに興味がある。一度、それがいかなるものか体験してみたいのだ」

そして、そう頼んでくる。

「――一から六十四までの数字の中から、一つ選んでください」

両の袖を体の前で合わせると、月麗はそう言った。

「どういうことだ」

帝が、不思議そうに首を傾げる。

「心易という占筮法です。心に浮かんだ数字や、身の回りにある数を基に占います」

月麗にとって、専門とする方法ではない。なのでどうしても大味になってしまうが、まあ今回ばかりはいいだろう。反省しているようだし、占ってやるとしよう。

「――四十七」

帝は、少し考えてから数字を選んだ。

「はい。次は、零から六の中から一つ選んでください」

「三だ」

――困の三番目。帝の口にした数字を基に、月麗は答えを導き出す。

「良くないですね。川の水が涸れて流れなくなったような状態です。口にする言葉は相手に信じられませんし、つまらない人に立派な人が遮られるという意味もあります」

「ふむ」

帝は、月麗の言葉に真剣に聞き入る。ついつい興に乗って、更に話してしまう。

「もう少し詳しく現状を述べるなら、『行く手には石が立ち塞がり進めず、腰を下ろそうとするとそこには茨があって休めない』という感じです。つらいですね。あと、『その宮に入るも、その妻と見えず』という言葉もありまして。この言葉の意味は――」

そこではっと気づく。宮に入ったけれど、その妻に会えない。偽物の妃を前にしている帝のこの状態を、ぴたりと言い当てている。さすが自分。天下無双の占い上手だ。しかもそれを、わざわざ帝に教えてしまっている。さすが自分。間抜けさも天下無双だ。

「なるほどな」

凍りつく月麗の目の前で、帝が口を開く。正体が、バレてしまったのだろうか。

「つまりそれは――」

その時、遠くの方からオオオオという声が響いてきた。声というか絶叫だ。

「ああ！　工部尚書が慟哭されている！　忠義の魂が！　血涙を流している！」

甲高い声が、状況を解説してくれた。

「まったく大袈裟な。仕方がない、さっさと行くとするか」

帝が呟く。月麗は心から感謝する。ありがとう工部尚書さん、あなたはわたしとわたしの肝とわたしの脳味噌の恩人です。

「やれやれ。朝廷の風通しを良くしてみたら、後宮まで吹き付けてくるとはな。俺の独断の結果とはいえ、困ったものだ」

　そこまで言って、ふと帝は何かを思いついたような顔をした。

「独断。独断か。よいことを思いついた。傾聴せよ」

　帝は、何やらいきなり威儀を正した。つられて、月麗も背筋を伸ばしてしまう。

「朕、綸言を以て占部を設け、汝を占部尚書に任ず。よく妃嬪の深憂を払い、女官の痛心を和らぐべし」

「え？」

　背筋を伸ばしたまま、月麗はぽかんとする。

「お前を占い大臣に任命する。後宮専属の占筮者になれ、と言ったのだ」

　そう言って、帝は笑った。相変わらず完璧な笑顔だ。そして言っていることも完璧に意味不明だ。妃にされたと思ったら今度は占い大臣らしい。

「それはちょっと。わたくしめなどにはとてもとても」

　もごもご言いながら、月麗は後退る。

　――この時。月麗は後退るにあたって重要なことを二つ忘れていた。一つは、床に垂れ引きずるほど長い裙を穿いていること。もう一つは、月麗が大変鈍くさいことだ。

「あっ」

結果、月麗は体勢を崩した。手を振り回すがどうにもならず、そのまま倒れていく。

「気をつけろ。その服は歩きづらかろう」

しかし、びたーんと床に激突することはなかった。帝が、受け止めてくれたのだ。

「この俺を前にして、己の信ずるところを臆さず堂々と述べた。お前は立派な占筮者だ」

頭の後ろと、膝の裏に手を添えるようにして、帝は月麗を軽々と抱え上げる。すらりとした体つきからは意外なほどの――力強さ。

「妃としても認める。美しく、聡明で、強い心を持っている。我が妃に相応しい」

帝が、月麗の目を覗き込んでくる。

「ち、近いです！　離してください！」

月麗はじたばた暴れた。何やら甘やかなことを囁いているが、信じない。きっと、油断させて喰らうつもりなのだ。そうに決まっているのだ。

「なるほど、確かに言葉を信じてもらえぬな。実によく当たる占いだ」

帝は、眉尻を僅かに下げる。

「ならば、時間をかけて伝えるか。老いぼれ工部尚書の肝脳を犠牲としてでもな」

そして、抱える腕に力を込めてきた。逃げられない。絶体絶命だ――

「ああっ」

「しまった」

　そこで、あの甲高い声が聞こえた。続いて、何か丸いものがいくつも部屋にころころと転がり込んでくる。帝に隙が生じ、月麗はどうにかその手から逃れた。

　転がってきたものを見やる。大きさは、月麗の一抱えより少し大きいくらい。黄白色の、見るからにふわふわ柔らかそうな毛でもこもこと覆われている。

その丸い体には、ぱちくりしたつぶらな目とぴょいんとした手足がそれぞれ一対ずつ。蹴球（けまり）に使われる球に、手足と目をつけてからふわもこで覆ったような感じだ。

　月麗は絶句する。何この突然現れた超可愛（かわい）い物体。すっごくもふもふしたいんだけど。

「何をしている」

　帝が、ふわもこたちに対してそう訊（たず）ねた。

「誤解です！」

「決して閨房（けいぼう）を覗いてなどはおりません！」

「我々はただ帝とお妃様を見守ろうと、じゃなかった安寧をお守りしようと――」

　ふわもこたちは口々に弁明する。あんまり言い訳になっていないところが可愛い。

「邪魔をした罪、万死に値する。直ちに自害せよ。肝脳をその場にぶちまけろ」

　帝が冷然たる声で命じた。無慈悲この上ない勅命に、ふわもこたちは抱き合って震え上がる。

「やめて！　やめてあげてください！　可愛いものをいじめないで！」

「――ふむ。その願い、聞き届けてもよいぞ」

思わず割って入った月麗を、帝が見据えてくる。

「ただし、条件がある。占部尚書の件だ」

その瞬間、月麗は慎んで占い大臣を拝命する他ないと悟ったのだった。

第一占　虎の尻尾に気をつけて

山林・川谷・丘陵、能く雲を出し、風雨を為し、怪物を見わす。皆神という。


「この辺りの人間は、誰でも知っている話なんだよ」

その男性は、道すがら昔話を教えてくれた。

「昔々、男と女がいた。二人は幼い頃から互いを思い合い、ついにめでたく夫婦となった。しかし祝言を挙げてすぐ夫は戦に取られてしまい、そして帰ってこなかった」

もう一人の男性も、一緒になって語ってくれた。

「夫婦の幼馴染みである男は、悲嘆に暮れる彼女の姿を見てはいられなかった。なぜなら、彼女のことを愛していたからだ。男は幸せにしたいと、妻に再婚を申し込んだ。妻は中々首を縦に振らなかったが、周囲の勧めもあり、遂に男の求婚を受け入れた」

「その直後に夫が帰ってきた。戦で捕われていたけど、隙を突いて逃げ出してきたんだ」

「二人の夫に同時に仕えるのは、天に背く重罪だ。報いとして、この辺りは様々な天変地異に見舞われ、穀物も実らなくなった。妻は責任を感じ、自ら命を絶った」

「重罪人を村の墓場に葬ることはできない。二人の夫は妻の亡骸を車に乗せ、嘆き悲しみながら車を牽いてこの山——鄺山まで運び、そこに葬った。その日の夜、この辺りの住民の夢に鄺山の神が現れて告げた。『死をもって償ったことで赦す。女は神の妃とする』と。次の日から災いは収まり、作物も再び実るようになった」

「その後この辺りでは、天災や凶作に見舞われると、鄺山に若い女性を捧げるようになった。その女性を、生贄の妃と呼ぶのさ」

「なるほど！　大変興味深いです！」

月麗は目を輝かせた。身に纏うのは、動きやすさ優先の胡服。髪も動く時邪魔にならないよう短くしている。荷物を入れた鞄も、太い肩紐を二つ取り付け背負えるようにしている。両手が自由になり、動くにあたってすこぶる便利だというわけだ。

何でもかんでも動くことを前提にしているが、当然のことである。旅の占筮者は、一にも二にも身軽さが大事なのだ。

「鄺って字、珍しいなーと思ったんですけど、その昔話に由来しているんですね」

月麗は、うんうんと頷く。鄺という字の右側にあるおおざとは、邑——人が住む集落を表す。「郡」や「郷」、「邦」辺りを思い浮かべると分かりやすい。鄺は、村から二人の男が車を牽いて出発した様子を表しているようだ。

「ただ、筋書きはどうでしょう。妻だけが死んで、求婚した人や勧めた周囲はお咎めなしって。無理に求婚したり勧めたりしなきゃ、最初の夫が帰ってきて大団円だったのに」

月麗は昔話にダメ出しをする。お話がめでたしめでたしで終わる必要もないだろうが、逆に可哀想な悲劇で終わることが必須というわけでもあるまい。話の重みと、聞き終えた後の気分の重苦しさとは、別物じゃないかなー？

「いやあ、そうかもしれないけど」

二人の男性は、顔を見合わせる。

「それよりも、君は今の状況が分かってるのかい」

一方の男性が、そう訊ねてきた。

「えーと、二人の男性が牽く車に載せられて、山道を行ってます。楽しいですね！」

車と言っても、立派なものではない。板に車輪と牽くための棒を二本取り付けた、米を積んで牛に牽かせるようなつくりだ。乗り心地は、お世辞にもいいとは言えない。しかし、米でもないのにそんな車の乗り心地を体験できるというのは大変貴重なことだろう。

「いや、そういうことではなく――ああ、もう着いてしまった」

「確かに。ここまでだな」

男性たちは、揃って足を止めた。

「俺たちは帰る。すまないが、ここで降りてくれ」

「はい！」

鞄を背負った月麗は、元気よく車から飛び降りる。

「何だか気が咎めるよ」

「そう災いもない年に、お嬢さんのような年端もいかない子を生贄の妃にするとは」

二人とも、痛ましそうに月麗を見てくる。今のご時世、珍しいほどにいい人たちである。

いつ果てるともない戦乱は、人の心をひどく荒ませているのだから。

──天下が藹という国の下で平和だったのも、遠い昔の話だ。九代目の荒厲帝の代に藹は滅亡。その後八つの王朝が次々に代替わりしながら、天下は数え切れぬほどの国に分裂した。後代に八代群国と称される乱世の、その真っ只中に月麗たちは生きている。

「わたし、子供じゃないですよ。まあ、この見た目なのでそう思われがちですけど」

月麗は、えへんと胸を張ってみせる。

「それに、まあまあ己の行いによるところもありますし」


──昨日のことだ。

「もう一度言ってみろ！」

丸々と太った男性が、顔を真っ赤にして怒鳴った。

「この儂の優秀な息子が、進士科を得解した我が嫡子が、省試で不正を行うだと！」

彼の隣では、ひょろひょろと痩せっぽちな息子が真っ青になっている。体形といい顔色といい、実に鮮やかな対比だ。若干の詩情さえ漂っている。

旅の途中で立ち寄った、鄞山。その麓一帯の権力者であるという男性が、息子の将来を占ってくれと頼んできた。お安いご用と占ったところ、大変宜しくない結果が出た。そこで包み隠さず伝えつつ助言を行おうとしたところ、こうなってしまったのだった。

「まあ、そもそも旅の占者風情、しかも女に何が分かるというものか。得解にせよ省試にせよ、言葉の意味すら理解できまい？」

殊更小馬鹿にするような口調で、太った男性が聞いてくる。

「進士科とは、官僚を選抜する科挙の科目の一つで、最難関のものです。得解とは、解試と呼ばれる段階に及第したことを指します。省試とは、解試の次の段階ですね」

月麗はすらすらと回答した。

「調子に乗りおって！」

男性は余計に怒る。黙っていれば、「分からないのに偉そうなことを！」と怒っていただろう。それとどちらがマシかと考えて、びしっと口答えをする道を選んだのだ。占筮者としての体面は、大事なのである。

「そもそも、何を根拠に我が息子が不正を行うなどと放言するのだ！」

男性は、次なる質問を投げつけてきた。

「占筮は、明白にそう告げております。それに――」

三度目の問いに、月麗は初めて口をつぐんだ。

「それになんだ！」

あの時、もし素直に答えていたらどうなっただろう。自分はつぶさに観たと。省試の会場を。そこに小さな小さな豆本を持ち込み、豆本に書かれた抜き書きを見ながら答案を書く息子の姿を。見回り中の兵士がそれを見つけ、息子の腕をねじ上げ捕らえる場面を。

どうなっただろう。自分には未来が観えることがあると言っていたら。その未来は努力すれば変えられるが、何もせずにいれば必ず現実のものとして訪れると言っていたら。

——余計立場が悪くなってたかも。

身も蓋もないが、そんなところだろう。これまでにも、何度となくあったことだ。

「それじゃあ、我々はここまでだ」

男性の一人が言う。

「ありがとうございました。——うわ、道悪いですね。最早道なき道というか」

「そうだな。この辺りは鄣山以外にも山が沢山あるが、せいぜい旅の道士くらいしか足を踏み入れることはない。我々も、儀式以外には近づかない」

もう一人の男性が、そう説明してくれる。

「鄣山の神は虎の体に五つの首を持ち、いずれも人面だと言われている」

「――苦しまないように、祈るよ」

そう言い残すと、男性たちは車の向きを変え戻っていった。時折振り返ってくるのは心配してくれているのか、それとも生贄感の足りない月麗を不審がっているのか。

やがて、二人の姿も見えなくなった。月麗はうーんと考え込む。「ま、いないよね」という感覚なのである。

――月麗は、神様やら伝説やらと関わらないようにしている。天地の始まりはどうだったとか、太古の昔に四匹の怪物が暴れて世界を滅ぼしかけたとか、世の中色々神秘的な言い伝えがあるが、全部話半分で聞いて面白がる程度に留めている。自分が他人の未来を観たり占ったりするくせに何を言うのだという感じだが、それはまた別の話なのである。

占いは神の教えではない。未来と向き合うための、その手段の一つに過ぎないのだ。神様仏様の類とは、ある程度の距離感が必要なのである。

「しかし、どうしたもんかなあ」

そんな呟きが漏れる。さしあたっては、神との距離感をどう適切に保つかよりも、山にどう適応して生き延びるかが問題だ。

まだ昼間だが、鬱蒼と茂る木々が陽の光を遮り、辺りは薄暗い。気をつけないと、と月麗は思う。

「山藪、疾を蔵す」――そんな言葉がある。山中の林には、雑木の茂る藪には、様々な疾病が潜んでいるという意味である。病は姿も見せず人に忍び寄り、音も立てず体に忍び込む。山の中とは、危険な場所なのだ。

「――ん？」

不思議な気配が、月麗を包んだ。早速謎の奇病にかかったわけではない。感じたことのない、言葉にするのも難しい、何か。そんなものが、突然訪れたのだ。

強いて表現するなら、重なったような感じ――だろうか。接すれど繋がらず、隣り合えど交わらぬ。そんなはずのものが、思いがけず混ざってしまったかのようだ。

月麗は歩き始めた。新しいものには興味があるが、これはちょっと距離を取った方がいいかもしれない。

――結論から言うと、月麗の直感は当たっていた。もう、後戻りできないほどに。

「――やっぱりだ」

どれほど歩いただろう。月麗は、未だ山の中にいた。

月麗の目の前には、一本の木がある。木には、正の字が四画目まで刻まれていた。全て、月麗によるものだ。

五本目を足して正の字を完成させると、月麗は腕を組んだ。もう五回、同じ所に戻ってきてしまっている。月麗は方向音痴ではない。山歩きにも慣れている。何か、おかしなことが起こっているようだ。

月麗は、油断なく辺りの様子を窺う。などというと戦いの玄人のようだが、実際に武術の類を身につけているわけではない。気持ちだけでも頑張るぞーくらいの話である。

がさり、と。近くの茂みが動いた。やたらと分かりやすい前兆だ。

「ごめんなさーい！」

まさかと思ったら大当たりだった。茂みから人が飛び出してきたのだ。

声からしておそらく女性。手には何か長い棒を持っている。判別できたのはここまで。月麗は速やかに動いた。前触れがあったおかげで、何とか飛び退くことができたのだ。

「ありゃっ？」

飛び出してきた女性は、かわされて変な声を出した。そして飛び出してきた勢いのまま月麗の横を通り過ぎ、木に顔から激突する。

かわしたことが申し訳なくなるくらいの、情け容赦ないぶつかり方だった。目を回してしまったのか、女性はぴくりとも動かない。

「――何なの？」

恐る恐る、月麗は女性を観察してみる。

髪は長く、艶めいている。顔は木の幹に正面から突っ込んだままで分からないが、この髪だけでもう十二分に美人だ。

着ている服は、どこかの後宮に奉仕しているのかという程に見事なものだ。赤で統一された色味が美しい。どう考えても、茂みから飛び出したり木に顔からぶつかったりする場面にはふさわしくない装いである。

それはさておき。続いて、女性が持っていた棒を確認する。木製で、断面は円形。長さは月麗よりもかなり長く、厚みは月麗でも何とか片手で握れるほど。

「え、棍じゃないこれ」

兵士の武器として用いられる、物々しい武器である。傷痕は多く色も褪せていて、使い込まれていることが分かる。出で立ちとあまりにかけ離れた持ち物だ。

「まったく。あれほど油断するなと言ったのに」

謎が謎を呼ぶ状況に困惑していると、そんな声が上から降ってきた。ほぼ同時に、何者かが地面に着地する。服装は多分倒れている女性と同じ、手にしているのも同じく棍。

月麗は咄嗟に鞄を肩から外し、肩紐を持って水平に振り回す。月麗にしては、奇跡に近いほどの反応である。月麗直々に月麗を褒めたい。偉いぞわたし。よく頑張った！

しかし、実際にはそんな余裕はどこにもなかった。相手の動きの方が遥かに速かったのだ。

地を這うほどに低く身を伏せ、月麗の鞄攻撃をかわす。そして間髪を容れず、体を地面と水平に回転させる。手にした棍が旋回し、月麗の足元を襲う。

かかと辺りに衝撃。痛みはさほどでもない。しかし月麗の両足は地を離れ、体は仰向けに宙を舞った。足を打ち据えるのではなく、すくい上げるようにして転ばせる技らしい。

「――うっ！」

月麗は、受け身も取れず背中から地面に叩きつけられた。息が詰まる。繰り返しになるが、月麗は武術に関して素人である。こんな鮮やかな技を繰り出されては、対応しようがない。占いで攻撃を予想する？　無茶言わないでよね。そんな芸当ができるなら、さっさと最強の武人になって乱世武勇伝に物語を切り替えてるって。

「どこの家の者だ」

などと頭の中で軽口を叩いている場合ではなかった。

女性が、月麗の喉元に棍を突きつけてきた。切れ長な瞳。面立ちは整っている。表情はなく、凛とした厳しさだけが充溢している。

「白仙ではないな。灰仙か？　それとも黄仙か？」

「あの、仰ることがよく分からないのですが」

月麗はそう答えてみた。

「しらを切るのはやめた方が身のためだ」

女性が、棍の先を一瞬だけ喉に押し当ててきた。ただそれだけのことで、月麗は咳き込んでしまう。このまま強く押し込まれたら、と恐ろしくなってくる。

「我らが妃をどこに拐かした。言わねば、ここで討ち果たす」

女性が言う。一大事である。多少なりとも意味が分かれば弁明もできるだろう、本当に皆目見当がつかない。このままでは、何が何だか分からない内に討伐されてしまう。

「うう、あいたた」

遠くから間の抜けた声が聞こえてきた。茂みから飛び出してきた女性のものだ。

「ああ、よく寝た。って寝てる場合じゃなかった」

飛び出してきた女性の声が続く。意識を取り戻したようだ。

「あの、あの。人間っぽいですよ、そちらの女性」

「人間？　しかも女？」

月麗を尋問する女性の顔に、初めて表情が生まれた。何かを考え込むような、検討するような、そんな雰囲気だ。

「――麻姑は何をやっても駄目なだけで、鼻の良さは境世で一番だ。麻姑が人間の女だと言うなら、間違いなく人間の女だな」

呟きながら、女性が棍を月麗の喉元から外した。月麗は恐る恐る身を起こす。

「何か、全然褒められた気がしないですよ姐姐」

茂みから飛び出してきた女性が、棍を持ってとことこ駆け寄ってきた。

彼女もまた、目が細い。しかし雰囲気は違う。やや目尻が垂れ気味で、温和そうだ。気絶する勢いで顔から木にぶつかったというのに、特に怪我をした様子もない。額が少しばかり赤くなっているくらいだ。この様子だと、むしろぶつかられた木の方を心配すべきかもしれない。

「勿論だ。褒めてはいない。あとわたしのことは蘇輔仙と呼べ。——さあ、胡仙妃を捜すぞ。もたもたしている時間はない」

月麗を問い詰めた女性がそう言い、次の瞬間二人は姿を消した。

「えっ」

月麗は息を呑む。本当に、消えたのだ。

辺りを見回す。人っ子ひとりいない。棍の一本も落ちていない。

歩きながら夢でも見ていたのだろうか。だが、背中は痛いし、喉元には棍の感触が残っている。夢にしては、あまりに現実味がありすぎる。一体、何だったのか——

「まるで、狐に化かされたみたいでしょう」

そんな言葉が、すぐ横から聞こえてきた。

「わわっ！」

びっくりして、声から反対側に離れる。

「まあ、本当にそうだとも言えますが」

声の主は、そんなことを言った。

「あなたは――」

月麗は、声の主を見やる。

「――誰？」

浮かんできた第一声は、そんなものだった。第二声は、今のところ浮かんでこない。

「わたしは、ええと――何と名乗ればいいでしょう」

またもや女性である。またもや山道にそぐわない服装をしている。

もう見るからに上質な布で作られた、鮮やかな深紅の服。色とりどりの糸で、細かな模様がこれでもかとばかりに縫い取られている。

頭には黄金に輝く髪飾り――いや、冠だろうか。そういうものを被っている。咲き乱れる花々を象ったような、豪華極まりない意匠の冠だ。これは婚礼の衣装。しかも、やんごとない身分のそれではないだろうか。

「通りすがりの女狐さん――ということで、いかがでしょうか」

女性が言う。冠から薄く赤い布が垂らされていて表情ははっきりと窺えないが、声や仕草には服装にふさわしい上品さが漂っている。

「はあ、よろしくお願いします」

会釈を返しつつ、月麗は目をぱちくりさせる。言うまでもないことだが、女狐とは自称するような肩書きではない。高貴な人の間で通じる愉快な冗談なのだろうか。高貴な人の世界を知らないので判断がつきかねる。

「あ、すいません。顔を隠したままでしたね」

月麗が反応に困っているのを何か違う風に取ったのか、女性が布を取った。

現れた顔は、服にふさわしく艶(あで)やかに粧(よそお)われていた。月麗も魅入られてしまうほどに、美しい。

その目は、やはり切れ長だ。ほんわかと優しそうで、同時に芯の強さも感じさせる。

そんな女性は、じっと月麗を見てきた。どぎまぎしてしまう。綺麗(きれい)な人を見ることは楽しいけれど、見られるのも何だかドキドキしてしまう。

「失礼します」

女性は月麗に近づいてくると、手を伸ばしてぐにーと月麗のほっぺたを引っ張った。背丈は同じくらいなので、真っ直(まっす)ぐ手を伸ばしてきてつまんでくる感じである。

「いた、いたた。何ですか一体」

月麗は悲鳴を上げる。さすがに頬をつねられてドキドキするなんてことはない。

「ああ、ごめんなさい。東の方では狐が頬をつまんだりするそうですが、ここではちょっと馴(な)れ馴れしいですよね」

そんなことを言って、女性は手を離した。

「その、わたしと背格好が似ていらっしゃるので。丁度いいかもしれないと思いまして」

「丁度いいって、どういう――」


その時、出し抜けに訪れた。

目の前にいる誰かの、未来の光景が。


どこかの村、こぢんまりとした家。その前で、彼女は竿に掛けた洗濯物を取り込んでいる。洗濯物も彼女が着ている服も庶民のもので、しかも随分とくたびれている。彼女の顔に化粧っ気はなく、髪も質素な髪留めを一つ付けているだけだ。今の姿とは、その華やかさにおいて天と地ほどの差がある。

しかし、彼女の顔は晴れやかだった。今の暮らしに心から満足していて幸せを感じているということが、言葉一つなくとも伝わってくる。

彼女が洗濯物を取り込み終えたところで、赤子の泣き声が響いた。

「あら、あら」

彼女は振り返るようにして、自分の背中に目を向けた。彼女は、赤ん坊を背負っていた。

その赤子が、いきなり泣きだしたのだ。

「おー、元気だなあ」

家の中から、一人の男性が現れた。丸い目に、人懐こさの漂う口元。美男子というのとは少し違うが、誰からも愛されるような面立ちである。

「おーしおーし」

男性は赤子の顔を覗き込み、目を見開いたり舌を出したりしてあやす。赤子はたちまち泣き止み、けらけらと笑い始めた。

「こいつはお父さんのことが好きだなあ」

へへへと笑うと、男性は歩き出した。

「あら、どちらへ？」

女性が訊ねる。

「ああ、隣村に酒を出す店があるだろう。そこに品物を売り込みに行こうかと思って」

「初めてのところですね。それならわたしたちも一緒に行きますよ」

「俺一人で大丈夫だから。じゃっ」

男性がそそくさと立ち去ろうとする。女性は洗濯物を干していた竿を手に取ると、目にも留まらぬ早業で男性に追いつき足を払った。男性は、地面に仰向けにひっくり返る。

「そういえば、そのお店には新しく若い女性が働き始めたという話を聞きましたね」

女性は、にこにこしながら男性の喉元に竿を突きつける。

「あー、えー、急に気が変わっちゃったなあ。のんびり品物作りでもしようかなあ」

男性は、額に冷や汗を浮かべてそう言った。背中の赤ん坊が、きゃっきゃと喜ぶ。

「まったくもう。言ったでしょう？　逃がしませんからね」

竿を男性の喉元から外すと、女性はふふと笑ったのだった。


そして、月麗は現在へ戻る。

過ぎた時は、ほんの刹那。


「あの」

月麗は、頬から手を離したばかりの女性に話しかけた。

「いえ、何でもないです」

そして、慌てて誤魔化す。会ったばかりの人にいきなり「貴方(あなた)は将来ちょっと浮気者の気がある夫の手綱を取りつつ、裕福ではないけど幸せな家庭を築くでしょう」などと言うわけにはいかない。変な人と思われてしまう。いやまあ、相手も大概変わっているけれど。

「あ、もしや」

月麗を見て、女性は感嘆したかのように目を見開いた。

「あなた、観(み)るんですね。他人の未来を」

――うそでしょ？　月麗は言葉を失った。亡き師でも、ここまですぐに見抜けはしなかった。一体、どうやって？

「貴方にとっても、悪い話にはならなそうですね。――お伺いしますが、そのお力を邪魔というか、厭わしいものだと感じられることはありませんか？」

「それ、は」

　違うと、月麗は言えなかった。

　――他人の未来を観ることで、いい経験をしたことなどほとんどない。未来を言い当てられて喜ぶ人は、そういないのだ。めでたいことでも、不吉なことでも気味悪がられる。月麗は観ただけなのに、まるで未来を操ったかのように思われるのだ。

「やはり、そうでしたか」

　黙り込む月麗に、女性は歩み寄ってくる。

「だったら、渡りに船かもしれません。その力が、否応なしに使えなくなるので」

「使えなく、なる？」

　はっとして、月麗は女性の目を見る。間近で見るその瞳に、嘘を言っているような色はない。本当に？　本当に、わたしはこの力から解放されるの？

「約は成った、ようですね」

　女性は微笑む。目を瞬かせる。その一瞬、髪と瞳の色が変わった。それは深紅。人の身にはけしてあり得ぬはずの、燃え上がるほどに鮮やかで烈しい色だ。

「──はっ」

魅入られたその刹那、変化が起こった。

「あ、いいですね。とっても動きやすそう」

女性の出で立ちが、変わったのだ。

「これなら、あの人にすぐ追いつけますね。ふふふ、絶対逃がしませんから」

袖や衿が細い上衣、両足を別々に覆う下衣。すなわち胡服だ。

「え、えっ？」

逆に、月麗があの真っ赤で豪華な衣装を着ていた。一瞬にして、お互いの服が交換されてしまっている。

「どういうこと？」

「『狐の仙術』で化かされた、という感じです」

そう言うと、女性は頭を下げてきた。

「すみませんが、わたしの代わりに輿入れをお願いします」

「輿入れ」

言葉の意味が咄嗟に呑み込めず、ぽかんとしたままで繰り返す。

「侍女たちのことも、お願いします。わたしに頼めた義理ではないのですが」

そう言って、女性は寂しそうに笑った。

「待って、一体どういう――」

月麗の視界がぼんやり霞み始めた。それに続いて、周囲の眺めも変化していく。

いや、眺めというのは正しくない。場所そのものが、変わっていくと言った方が正しいかもしれない。ぐにゃりと歪み、段々ぼやけ、世界は曖昧になっていく。なに、これ？

――どれほどの時が経ったのか。月麗は我に返った。

周囲は、世界としてあるべき輪郭を取り戻していた。狭い空間だ。といってもそれは山の中と比較してのことで、詰め込めば月麗が三、四人は入るくらいの広さはある。

四方に柱が立てられ、間に布が巡らされている。その中央で、月麗は座っていた。

空間は赤く染まっている。最初はこの空間が赤いのかと思ったのだが、違っていた。女性が取ってしまった布が、顔の前に垂れ下がっているのだ。

自分の姿を確認する。着ている服は、多分同じ。一瞬で入れ替えられた、あの嫁入り衣装だ。一体何がどうなっているのか。

これなら、未来のことくらい話しても大丈夫だった。月麗は結果論を嚙みしめる。何というか、色々とあっちの方が上手だ。

「娘娘。檐子で移動するのはここまでです」

外から声がした。聞き覚えがある。これは、月麗に棍を突きつけてきた女性のものだ。

「どうぞ、お降りくださいませ」

月麗は狼狽(うろた)える。何やら丁寧な言葉遣いをしているが、月麗を見るなりまた棍を振りかざして襲いかかってくるのではないか。

「大丈夫ですよ、娘娘」

そっ、と。月麗の右側の布がまくり上げられた。

「わたしたちも一緒です」

顔を出したのは、あの女性だった。その顔には、優しい微笑みが浮かんでいる。元々の、月麗を叩(たた)きのめした時とは別人のようだ。

「さあ」

女性が促してくる。布で顔が分からないのか、女性は月麗だと気づいていない。月麗は、狭い空間から外に出た。

外は明るい。月麗は振り返り、自分がいたところを確認する。

それは、輿(こし)だった。至る所に宝玉があしらわれ、屋形部分の屋根には黄金の鳳(おおとり)だか何だかがどどんと飾られている。運搬可能な宝物殿といった趣だ。山に来る時には米みたいな運ばれ方をしてきたのに、次は皇族みたいな乗り物で移動している。特に何をしたわけでもないのに、栄枯盛衰が劇的すぎる。

輿の周りには、何人もの女性が跪(ひざまず)いていた。中には、棍の女性だけではなくあの茂みから飛び出してきた女性もいる。みな揃(そろ)って髪が長く、留めたりまとめたりせず流している。服はあの綺麗なものだ。赤で統一された色合いは、目にも鮮やかである。

どうやら、彼女たちがこの装飾過剰な輿を運んできたらしい。あの、重くなかったんですか？

女性たちは、跪いたまま立ち上がろうとしない。自分だけが突っ立っているのが、何だか気まずくなってくる。

「お疲れ様です」

とりあえず、そう声を掛けてみる。

瞬間、辺りの空気が一変した。月麗の声を聞くなり、侍女たちが揃って仰天したのだ。

まるで、大切にしている宝珠を入れた箱を開けたら、中身がどんぐりか何かにすり替えられていた時のような顔だ。

「貴方は――否、お前は」

棍の女性――おそらく集団の頭目らしい女性が、愕然(がくぜん)とした面持ちで月麗を見てきた。

そのまま月麗は控えの間らしき所に拉致された。そして猛烈な勢いで化粧を施され、特髻(かつら)をかぶせられた。

「時間がないので結論のみ伝えます。お前は――否、貴方は輿入れをするのです」

そして、そう命じられた。

「本来輿入れするはずだった方はそれを拒み、貴方と我々を化かし行方をくらませました。代わりをお願いします」

月麗に化粧を施しながら、頭目の女性はそう言った。

「誰か、別の人にお願いしてもいいですか？」

月麗がそう聞くと、頭目は首を横に振った。

「侍女の数は後宮を管理する内侍省(ないし)に報告しており、増えるにせよ減るにせよその都度申し立てる義務があります。数が合わないことを他宮に勘づかれれば、万事休すです」

月麗の理解も納得も同意も置き去りにして、頭目は話を進めていく。

「輿入れの儀はもう始まります。皇后を出し、幽世(ゆうせい)へと至り、妖怪から神となるのは胡仙(こせん)の悲願。もう後には引けません。――ご安心ください。我々が貴方の手となり足となり、粉骨砕身お仕えすることを誓います」

頭目は、笑顔で月麗を見つめてきた。

「ですが、もし胡仙妃の名を辱めるかの如(ごと)き御振る舞いありとお見受けしましたならば、手足をもぎ取り骨まで喰ろうて差し上げます故、ゆめゆめ怠られませぬよう」

その視線は、刃のように鋭かった。

そんな仕打ちを受けてはたまらない。月麗は必死で輿入れの儀をつつがなく済ませた。いや、実際につつがなく行動できたかどうかは分からないが、終わってから食べられたりはしなかったので、大丈夫だったのだろう。多分。多分ね。

その後も召し替えをされたり改めて化粧を施されたり、コセンヒが住まうコセンキュウなるところへ連れて行かれたりと大わらわだった。途中「妄りにその姿を人目にさらしてはならぬ」ということで常に輿に乗せられていたため、自分がどういう場所にいるのかはさっぱり分からないままだった。

そして夜になり、帝が部屋に来たり占い大臣に任命されたりした。そんな一日だった。

「うん、訳が分からないな」

起こった出来事を整理し直した上で、月麗はそう結論づけた。

翌日。月麗は、コセンキュウのあの部屋に閉じ込められたままだった。コセンヒ入れ替わり問題への対策が確立されるまで、出歩くことはまかりならんということらしい。突然占い大臣に任命されたことで（しかも妃という立場はそのままらしい）、余計に色々ややこしくなったようだ。

扱いそのものは、悪くない。食べ物（超おいしい）とかは持ってきてくれるし、厠（超きれい）にも連れて行ってくれる。しかも輿移動で。用を足すだけで輿を使うとか、亡国の贅沢王族のような趣がある。これは隠すための措置なのか、それともこれが普通なのか。さっぱり分からない。

「そう、そうなんだよね」

分からない。まさにその通りである。侍女たちは、必要最低限のこと以外何も教えてくれないのだ。ここ（コセンキュウ）は一体どこ？　わたし（コセンヒ）は誰？

部屋を見回す。最初に「閉じ込められた」と表現はしたものの、実際のところ幽閉されているような気持ちにはならない。部屋が広いのだ。というか広すぎる。ちょっとした寺院の本堂くらいはあるのではないか。

しかも豪華すぎる。たとえば今、月麗は牀榻の上でごろごろしている。要するに寝台なのだが、冗談みたいに大きい。女性としても小柄な月麗だと、一度に何十人も寝ることができるほどだ。月麗ひとりでは大半の部分が余っていて、勿体ないことこの上ない。使いこなせずすいません。

他にも、墨で山や谷が美しく描かれた衝立や、大きくすべすべの壺やら、どう見ても財宝な感じの調度品がいっぱいある。あれ？　もしかしてこの部屋で一番安上がりなのって、他ならぬわたしでは？

「邪魔をするぞ」

自分の価値とは何なのかと悩み始めた月麗の耳に、そんな声が聞こえてきた。

「あ、陛下」

帝である。昨日と同じ出で立ち、同じ美形が部屋の入り口にいた。

「なぜ横になっている。体調が優れないのか。それとも気分が悪いのか」

寝転がっている月麗を見て、帝はそんなことを訊ねてくる。

「いえ、とんでもございません。陛下に億歳のあらんことを」

月麗は寝台から降りて床に両膝を突き、その状態で拱手した。何も教えてくれない侍女たちだが、さすがに礼儀作法については手解きしてくれた。むしろ滅茶苦茶細かかった。拱手の角度とか膝の突き方とかについて、大変やかましく言われた。

「礼を免ず。立て。いや立つな。寝ていろ」

帝が矢継ぎ早に言う。皇帝の命令とは汗のようなもの、一度下せば取り消せないのが基本のはずなのだが、やたらめったら連発されている。

「いえ、ご心配なく。ちょっとだらだらしてただけでして」

三つ四つ出された帝の勅命の中から、月麗は最初の方のものを選んで立ち上がった。

「そうか。無理はするな」

帝が頷く。

「陛下こそ、政はよろしいのですか。わたくしめなどは放っておいて、どうぞ国を治め天下を平らかにしてくださいませ」

元気に仕事して留守でいいんですよということを、遠回しに告げる。そうしてくれると、逃げ出す好機も見つかるかもしれないし。

「臣下に任せてきた。俺は自らの身や家となる後宮のことにも力を入れて取り組みたい」

帝が言う。普通なら家族を大事にするいい夫なのかもしれないが、国の頂点に立つ者としては問題発言ではないだろうか。大丈夫なのかなこの国。

「さて。昨日の続きだ。今日は時間がある。突然工部尚書が直訴しに来ることもない」

帝が、一歩踏み出してきた。月麗は青くなる。やはり、喰らいにきたのだろうか。

神は生贄を求める、という鄒山の昔話。骨まで喰らうという脅し。それらを併せると、やっぱり自分は生贄として捧げられたのだろうと思えてしまう。

「あの、わたしに期待してもいいことないですよ」

後退りながら、月麗は言う。転んだらまた捕まってしまうので、慎重に後退っている。

「いや。俺の目に狂いはない」

月麗に近づきながら、帝が言う。

「ほんと、ほんとです。お腹壊しますよ」

月麗はなおも後退る。

「いや。俺の五臓に問題はない」

帝はなおも進む。

「もっと他に、いるでしょう」

そこまで言ったところで、月麗は立ち止まった。壁際まで来てしまったのだ。

「いや。俺の気持ちに変わりはない」

月麗を追い詰めると、帝は月麗の頭上の壁に肘をどんとぶつけた。そして言う。

「お前でなければ駄目だ」

ときめいてしまう。美男子な皇帝に言われたい台詞(せりふ)上位十傑に入る台詞だ。

しかし、そのときめきに浸ることができない。だって、食事の対象としての言葉なのだから。絞める直前の家畜に「今日の夕食はお前だ」と言っているのと同じなのだから。

包子(パオズ)の具にされる運命にある豚や、からっと揚げられる未来が待っている鶏でもなければ、今の月麗の気持ちは分からないだろう。

「さあ、昨日の続きだ。――もう一度、占ってみよ」

「へ？」

間の抜けた声が出た。食べにきたのではないようだ。

「いいか。俺たちは今、窮地に陥ろうとしている」

月麗から離れると、帝は真剣そのものの面持ちで言う。

「占部(せんぶ)尚書の件だが、群臣の反発が激しい」

「当たり前でしょう」

思わず月麗は突っ込んでしまった。

「まさしく川の水は涸れ、大きな石に行く手を阻まれ、茨の上に座ってしまったような状況だ」

「ぴったり的中したみたいですけど何か嬉しくないです」

「工部尚書などは、視朝という意見交換の場で気を失い倒れてしまった」

「何て気の毒な。あの、ちゃんとお医者さんに見せてあげてくださいね？　わたしが占い大臣になったせいで工部尚書さんが憤死でもしたら、本当に申し訳ないので」

「心配には及ばぬ。診察した太医からは後五百年は生きると太鼓判を押された」

「それはそれで長生きしすぎでしょう！　いつまで忠義の魂を燃やし続けるんですか！」

「そういうわけで、まずはお前の実力を示してみせよ」

帝が、命じてきた。

「お前の占筮の力で、この国を変えるのだ」

——月麗は、占いの依頼を断らないのが信条だ。剣呑なこと、悪事に関わること、私利私欲を満たすためのことでなければ、どんな質問にもできる限り答えてきた。そんな信念が、今揺らいでいる。やりたくない。占いで国の改革に携わったりしたくない。

「ふむ」

　黙り込む月麗を見て、帝は何やら考え込む。

「俺の推測が間違っていなければ、お前はどうやら占うことに気が進まないようだ」

　その推測は大当たりである。さすが陛下。分かったならやめて。

「さては尚書の地位が不満なのだな。宰相級の扱いを望んでいるのか」

　その推測は大外れである。さすが陛下。そこでなぜそうなるの。

「ならば、新たな官職をここで創設しよう。官品は従二品、官名は占筮大将軍――」

「待って。待ってください」

　月麗は必死で帝を押しとどめた。このままでは、占い大臣から占い大将軍に出世してしまう。

「分かりました。占います」

「善哉」

　満足げに頷く帝、その鼻先に指を突きつける。そういえば昨日「俺が帝だからって遠慮しなくていいぞ」的なことを言っていたし、あんまりかしこまらないことにするのだ。

「その代わり――ご褒美、ください」

　帝に褒美をねだる妃。国を亡ぼす悪女感満載だが、こうでもしないと滅亡するのは月麗の方である。

「褒美か。いいだろう」

帝は、気前のいい返事をよこしてきた。

「いいんですね？」

「うむ。俺は帝だ。何でもできる」

頼もしい言葉である。月麗は早速要望を伝えることにした。それは勿論！

「後宮から下がりたいです！」

「それはできぬ」

要望は言下に却下されてしまった。「何でもできる」って言ったのに！　嘘つき！

帝が聞いてくる。

「俺はお前が不満そうに見える。妙なことだ。できぬ理由が分からないのか？」

月麗は口ごもる。どうやら、のっぴきならない事情がある気配だ。下手なことを言っては、ぼろがでてしまいかねない。ここは妥協し、別の要求に変えた方が賢明だろう。

「そ、そうでは、ないですけど」

「うーん」

しかし、では何を要求すればいいのか。高い服やら豪華な装飾品やらはいらない。逃げ出すのに邪魔だからだ。どんなに美しく着飾ったところで、喰らわれればそれまでである。服も帯もあの世までは持って行けない。というかそもそもあの世に行きたくない。

お金も不要だ。月麗のいた世界では使えない貨幣で支払われる可能性がある。得体の知れない葉っぱとかだったら目も当てられない。

とにかく分からないことだらけで、何を頼むのが効果的なのかも分からない。まったくどうしたらいいのか——ん？　待った待った。分からない？

「——はい。決まりました」

月麗は、よしと頷くと帝に願い出る。

「この国の仕組みの基本的なところとかを勉強したいんですけど。よろしいですか」

闇雲に逃げだそうとしても、上手くいきはしない。まずは情報を集めるのだ。ここはどこなのか。どういう場所なのか。それをしっかり把握した上で、計画を練るのだ。

兵法でも、「相手を知り自分を知ることで、危なげなく戦える」といわれる。自分が何者であるかは、二十年以上の付き合いでそこそこ把握できている。よって、相手について調べるのである。

「国の仕組みだと？」

帝が、眉間に皺を寄せる。随分と表情が出ている。かなり不審がっているようだ。まあ無理もない。褒美に「国の仕組みを教えてくれ」とねだる妃なんていないだろう。

「はい。えー、わたくし大変箱入りのコセンヒでありまして、占いのこと以外にはとんと疎くて。親元を離れて妃をやっていくなら、その辺からしっかり身につけたいんです」

そこで、月麗は何とか理由をひねり出した。

「ふむ。よいだろう」

結構無理があったようにも思えるが、帝は頷いた。納得したらしい。

「では、きっちり準備を整えたやり方でもう一度占ってもらおうか。俺を占ってくれ」

「あ、ごめんなさい。それは駄目なんですよ」

月麗はひらひらと手を振る。

「同じことを二度占うのは禁じられています」

占筮の禁忌の一つだ。最初の問いには答えるが、再三すると答えなくなるのである。

「なるほど。都合がいい答えが出るまで占うような行為は、慎まねばならぬだろうしな」

帝は熟考に入った。その様子は真剣で、真剣なだけに段々不安になってくる。

「あの、政治のこととか軍事のこととかは止めてくださいね？『誰それは反逆を企てているか』みたいなのも駄目ですよ？」

基本的に何でも占うとはいえ、国家規模の重大事を占わされるのは勘弁してほしい。

「違うな。天下国家の話ではない。もっと私事だ。俺についてのことではあるが、限定すれば同じ質問ともなるまい」

「それはそうですけど、私事って何ですか？　明日の運勢とかですか？」

「もう少し広い部分だ。――愛である」

じっ、と。帝は、月麗を見つめながら言った。

「俺には惚れた女がいる。その相手との関係を、占ってほしい」

「やっぱり断ってもいいですか」

月麗は即座に答えた。

「なぜだ」

「皇帝が情愛に悩むとか、絶対普通の相手じゃないですよね。敵国の女王とか、かつて暗殺した重臣の娘とか、そういうのでしょ」

絶対面倒なことになるやつだ。占い師も巻き込まれて消されるやつだ。

「違う。補足しておくと、現在表だって敵対関係にある国家もなければこれまでに政敵を暗殺したこともない」

「ならいいでしょ。陛下は帝なんですよ。好きになった相手とか、権力とか財力とかでどうとでもできるんじゃないんですか？」

「それも違う」

帝は首を横に振る。

「俺は相手を奪いたいのでもなければ、我が物としたいわけでもない」

そして、再び月麗を見つめてきた。

「愛し合いたいのだ」

月麗は帝の目を見返す。例によって、その感情は測りづらい。ただ、一つ伝わってくるものがあった。

「分かりました。準備を始めますね」

――帝の言葉に、嘘はない。

「善哉」

帝は頷いた。その言葉も、仕草も、満足したことを表現するものである。

「どうしました？」

しかし月麗は不思議に思った。帝の目が、何だか残念そうな様子に見えたのだ。

「何でもない」

帝は小さく首を振る。その瞳の色は、もう元の深いものに戻っていた。

「そうですか。では、今から準備をしますので少々お待ちください」

月麗は部屋を移動し、棚の前に立つ。上質な素材が使われた、見るからに逸品だろう棚だが、そこに収納されているのは月麗のおんぼろ鞄だ。

それを背負い、部屋を見回す。端の方に卓子――すなわち机がある。向かい合わせで、豪華な椅子も置かれている。おあつらえ向きだ。

「ああ、そうだ。書くものをお願いしてもいいですか？」

とことこ机の前まで歩いたところで、月麗は帝にそう頼む。

「構わんが、なぜだ？」

それまで月麗の様子を眺めていた帝が、訊ねてきた。

「占いの結果を説明するために使いたくて」

準備を始めつつ、そう説明する。絶対必要というわけではないが、あると伝えやすい。

「うむ。分かった」

頷くと、帝は袍の袖の下で手を動かした。ちりん、と鈴のような音が響く。

「お呼びでございますか」

扉の外から、甲高い声が返ってくる。それを聞くなり、月麗は手を止めて硬直した。

「硯と筆をもて。紙もだ」

「御意にございます」

そんな返答を残し、ぽてぽてという謎めいた音が去って行く。

「——む？」

帝が、月麗が石と化していることに気づいた。

「どうした。さては紙ではなく竹簡がよかったか」

「いえ、別に古代の歴史とかを記述するわけではないので紙でいいです」

「では何だ」

「今の声は、まさか昨日の？」

月麗の脳裏に、ふわもふの可愛い物体が蘇る。

「うむ。宦官だ」

「宦官、ですか？」

「宦官を見るのは初めてか。宦官とは、後宮に仕える男子を言う。閹人、寺人、浄身など他にも様々な呼び方がある」

衝撃を受ける月麗を見て、帝は宦官とは何者であるかについて丁寧に解説してくれる。

「あ、いえ。宦官という言葉の意味については人並み程度に知ってます」

「善哉」

「お褒めにあずかり恐縮です。あの、人並み程度に知っているので余計に不思議なんです。わたしの知っている宦官と大分違うというか」

「ああ、明世では宮刑に処された者や自宮した者を召し抱えるのだったな。境世ではそのように非道な行いはしない。一般に、茂戸という妖怪の種族を宦官として用いる」

ちらちらと分からない表現が混じる。メイセイ？　キョウセイ？　もこ？（これはちょっと分かってしまう気がする）　妖怪？　妖怪って言ったの？

「恐れ多くもお持ちしました。墨はある程度磨ってございます」

部屋の外から、宦官の声がした。早くも準備してきたらしい。墨もある程度磨ったというが、あの姿で一生懸命うんしょうんしょと墨を磨ってくれたのだろうか。その光景、見たい。とても見たい。

「ぽてぽて。――ぽてぽて音を立てながら入ってくる。


「善哉。入れ」

「かしこまりました」

帝の許しを得て、宦官が部屋に入ってきた。

「それでは、失礼いたします」

平たい盆を高く捧げ持ち、宦官はぽてぽて音を立てながら入ってくる。――ぽてぽて。

「ああっ」

月麗は雷に打たれたようになった。さっきの音はこれだったか。足音まで可愛いとは。

「ご所望の品々にございます」

「大儀である」

皇帝は盆を受け取り、机に置いた。筆に墨に硯に紙という四大道具に加え、水滴と呼ばれる水差し、筆置きに墨置き、文鎮、紙の下に敷く毛氈など、一通り揃っている。

「他にご入り用なものがございましたら、何なりと」

「今のところはよい。下がれ」

「かしこまりました」

宦官は、手を合わせ自分の前に掲げるようにした。拱手している。

「ああっ」

月麗は再び雷に打たれた。打たれすぎて黒焦げになりそうだ。

「どうした」

月麗の様子を怪訝に思ったか、帝がそう訊ねてくる。

「その、可愛いなと」

ふわもふの毛玉である。それが喋り、ぽてぽて音を立てて歩き、拱手する。可愛いとしか言いようがない。

「ふむ。なるほどな」

皇帝は頷くと、宦官に目を向けた。

「宦官と戯れたいか」

「はい！」

思わず身を乗り出して答えてしまった。さすが帝、民草の求めるものが分かるらしい。

「許す」

勅許が出された。早速月麗は宦官に躍りかかる。皇帝の眼前で、許しを得て宦官にむしゃぶりつく。字面だけだと、何ともいかがわしい。

「ああ、もふもふ」

でも実際のところはこんな感じだ。月麗は思うさま毛の柔らかさを堪能する。

「あーれー」

宦官が、悲鳴を上げて手足をぱたぱたさせた。

「こうか、ここがいいのか。もふもふ」

それが可愛くて、月麗は更に撫で回す。

「一つ言っておく」

そんな月麗に、帝が言葉をかけてきた。

「可愛がるというのは、当人にとっては愛情表現だろう。しかし相手は自分の意思を無視して触りまくられるわけだから、必ずしも嬉しいとは限らぬぞ。もふもふもふもふそればかり言われてつらい、いい加減苦痛だと思っていたらどうする」

「うっ」

宦官を撫でながら月麗はうめいた。これは厳しい指摘である。まさか帝位にある者が、これほどまでにもふもふに対して深い考察を加えるとは。

「ごめんなさいね。つい興奮し過ぎちゃったわ」

月麗は反省し、宦官を解放する。

「奴才なぞに、勿体なき、お心遣い」

よろよろと毛玉が立ち上がった。その姿がまた可愛いのだが、ぐっとこらえる。

「わたくし、昔からこういうもふもふとした生き物が大変好きでして」

月麗は弁明めいたことを口にした。実際そうなのだ。犬にせよ猫にせよ、ついそういう生き物を見るとあーかわいいーと思ってしまうのである。

「そうなのか」

帝が聞いてくる。

「はい、昔猫を飼っていたんです。黒猫で、毛がふさふさでもふっとしてました」

月麗が、子供の頃。師や兄姉弟子と一緒に旅をしていた頃の話だ。

「可愛かったなあ」

猫は月麗によく懐いた。月麗は猫を抱いたり、一緒に寝たりした。幸せな思い出だ。

「なるほどな。——好きだったのか？　その猫のことが」

帝が、探るように訊ねてくる。

「はい。大好きでした。家族のように思っていました」

ある日、猫は突然いなくなった。どれだけ捜しても見つからず、月麗は泣いて師や兄姉弟子を大いに困らせたものだ。

「分かった。その気持ちは諒とする」

帝は頷く。どうやら、月麗がもふもふ好きであることは諒解してくれたらしい。

「ただし、宦官をあまり強引に可愛がるのはやめてやれ。茂戸は忠実で忍耐強いが、その分何でも我慢してしまうところがある」

ただし、釘は刺されてしまった。

「分かりました」

月麗は素直に返事をした。

「陛下は、もふもふした生き物の気持ちがよくお分かりなのですね」

「いかにも」

帝は深々と頷いた。よほど己の理解に自信があるらしい。

「下がってよい」

帝が言う。宦官はもう一度拱手すると、ふらつきながら部屋を出て行った。

「さて、それでは始めますか」

月麗は、鞄から占筮の道具を取り出す。

まずは筮竹だ。竹を削って作った細長い棒で、占筮者はこれを捌くことで占う。月麗が使うのは、漆塗りの美麗なものだ。

次に、筮筒。捌く時以外に、筮竹を立てておくための道具である。そして算木。四角い柱の形をした黒い木片で、四面にそれぞれ違う柄が彫られている。これは、結果を記録するためのものだ。筆や紙なども、使いやすい位置に並べていく。

「いずれも美しいな」

道具を見た帝が、感心したように言う。

「師から受け継いだものでして、手入れは欠かしておりません」

ちょっと得意な気持ちになりながら、月麗は答えた。

月麗はこの道具をとても大切にしている。師が愛用し、そして亡くなる前に譲ってくれたものだからだ。ものは、そのままではどこまでいっても「もの」である。しかし使う人間の思いがこもった時、ものは——宝物になる。

「それでは、始めます」

言うと、月麗はまず筒に筮竹を一本立てた。残りの四十九本を左手で握ると顔の前まで持ってきて、右手を添えるようにして扇状に開いていく。

そして、心神を研ぎ澄ます。

こういう時、しばしば相手の未来が観える。生贄になるそもそもの切っ掛けだった「科挙での不正」にしても、いざ占おうとしたその瞬間に観たものだ。

しかし、今回は——来ない。

『その力が、否応なしに使えなくなるので』

本来のコセンヒである女性の言葉が蘇る。本当なのだろうか。本当に自分は、あの力から解放されるのだろうか。

湧き立ちそうになる気持ちを、鎮める。気持ちを乱してはならない。天に涯はなく、時に終わりはない。それらと向き合う際には、ただただ落ちついていなくてはならない。

——陰陽の理と占筮の法を以て、天に問う。

言葉には出さず、月麗は占字文——占筮を行うにあたっての呪文を唱える。

——占者離月麗、未だこの国の国主の身に至る吉凶を知らず、その得失するところを知らず、その愛慕の成否を知らず。願わくは疑を決さんがため、小成八卦大成六十四卦卦爻三百八十四爻に依りてその意を顕したまえ。

唱え終わるや、目を開く。筮竹を捌き、算木を並べてその結果を記録していく。

その流れを三度繰り返すことで、占問への答えが示された。

——履の三番目。

——虎の尾を履む。人を咥う。凶。

表情に出さないように気をつけながら、月麗は思う。うん、これはヤバい。

「どうであった？」

帝が聞いてきた。実に真剣な様子だ。この想いに懸けているのが伝わってくる。

「大事ですから、よく聞いてくださいね」

ヤバいものを伝える時には、慎重になる。ヤバい未来に備えるには、それがどんなものか相手にしっかり理解してもらうのが絶対の条件だ。こりゃあヤバいですね、で終わらせたら本当に一巻の終わりになりかねない。

「分かった」

伝わったか、帝が真面目な面持ちで頷く。まあ帝は大体いつも必要以上に厳格な表情なのだが。

「では、お伝えしますね」

月麗は、筆置きに置かれていた筆を手にした。

「いい筆」

そんな言葉が漏れる。握っただけで分かる。逸品と呼んで差し支えない一本だ。

墨を含ませ、筆を走らせる。そして唸る。筆は勿論のこと、墨もいい。滑らかに伸び、美しくかすれる。黒一色の中にいくつもの彩りがあり、眩い墨痕を象っていく。

それを受ける紙もまた素晴らしい。墨をしっかりと吸い込み、程よく滲ませ、線の一本一本に生き生きとした表情を与えていく。

「――『履』、か」

帝は、月麗の書き上げた字を読み上げた。

「これが結果なのだな。どういう意味だ？」

「この字には『踏む』という意味があります。草で作ったものを足で踏む、だから『草履』。自分の足で踏みしめて歩いてきた経歴、だから『履歴』。そんな感じです」

筆を筆置きに戻し、紙を帝の方に向けながら、その様子を窺う。帝は小さく頷き、字を見ている。意味はよく分かったようだ。

「すると、俺は何かを踏んでしまうのだな」

　飲み込みも早い。説明しやすい相手だ。なので、一気に踏み込むことにする。

「はい。今回踏んでしまうのは、虎の尻尾です」

　帝が、硬直した。元々言葉も表情も硬い帝なのに、なお固まっている。会って一日やそこらの月麗が読み取れるのだから、相当な変化のはずだ。

「大丈夫ですか？」

　月麗は帝を気遣う。予想以上の反応だ。よほど衝撃だったのだろうか。

「ああ。続けよ」

　硬い面持ちのまま、帝は言った。

「見えないのに見ようとして、歩けないのに歩こうと無理をして、その結果として虎の尻尾を踏んづけて喰われるのです。柔弱なものが、剛強なものを踏んでしまうわけです」

「無理をしたせいで、か」

　そこで言葉を切って、改めて帝の様子を観察する。こちらの投げかけた言葉に、どのような反応をするか。それを見るのだ。

　占いとは、答えを求めて終わりというものではない。占った相手の反応、言葉、抱えている何か。それらを突き合わせながら、未来を読み取っていくものだ。

　帝は、何も言わない。先程のように、内心が表に出てきているということもない。それはそれで、一つの反応だ。出たものを、引っ込めた。出したくなかったということだ。

「何か『無理してるなあ』って思ってること、ありますか」

そう質問を投げかけてみる。

「あるといえば、ある」

帝はそう答え、口を閉ざした。少し待つが、続きを話すことはない。もう少し待つ。やはり話してくれない。どうやら、言いづらいことのようだ。あるいは言いたくないのか。

「『履』は、『帝の位を踏んでもやましくなければ、光明が見える』とも言われます」

更に付け加えてみる。普通は何かのたとえとして読み取る一文だが、今回占っている相手は本当に帝位にある。比喩だけではなく、重大な意味があるはずだ。

「やましくはない。『位を踏む』とは、その地位につくことだろう？　俺は、帝であることにやましさを感じてはいない」

呟くように、帝が言う。そこに、言い訳めいた響きはない。本音とみていいようだ。

「なるほど」

月麗は内容を整理する。

――「何か無理しているのではないか」と占筮は告げ、帝はそれを認めた。しかし、具体的な部分は伏せた。

――「帝の位を踏んでもやましくなければ、光明が見える」という占いの言辞には、帝はやましさはないと返した。

月麗は小さく頷く。ある程度、伝えるべき言葉が見出せた。

「未来というものは、あらかじめ決まったものではありません」

月麗は、意識して柔らかい声を出す。

「占筮の結果は、あくまで兆しを告げるもの。それを『踏まえて』行動することで、道は必ず拓かれます」

帝が月麗の方を見てくる。その視線をしっかりと受け止め、月麗は言葉を続ける。

「『今のままなら、虎の尾を踏むようなことになる』。そういう警告だと今回は受け止めるべきでしょう。男女の気持ちの細かいところについては、わたしも自信はありません。ただ、無理やりにどうこうするものではないということは言えます」

帝の視線が、揺れた。気にかかっている部分なのだろう。

「帝の位にある者が、誰かを好きになる。それは、難しいことだと思います。責任の重さからすれば、好きになることそれ自体が重大で深刻な場合もあるでしょう。

しかし、その気持ちに陛下がやましさを抱いてないのであれば、きっと光明が見えるはず。占筮はそう励ましていると、わたしは読みます」

帝の視線が、斜め下で動きを止める。その瞳に、何かを考え込むような色合いが宿る。

「そうか」

帝が、再び月麗を見つめてきた。眼差しに、落ち着きが感じられる。何か、腹に落ちるところがあったようだ。

「心持ちが、軽くなった。その言葉を、ゆっくりと噛み締めることとする」

そう言うと、帝は唇を緩め微かに微笑んだ。

「あ、いえ。お役に立てたのでしたら、何よりです」

狼狽えてしまう月麗である。普段からにこにこしていない分、破壊力が半端ない。

「やはり俺の目に狂いはなかった。占部尚書に任じたことは、正解だったな」

「うっ」

月麗は呻く。余計な評価までついてきてしまった。

「さて、それでは褒美をとらせよう。俺も書いて説明するか」

そう言って、帝は袍の両袖を払う。

「何が知りたい。この国の軍備についてか。それとも官制や税制についてか」

そして筆を執った。背筋を伸ばし、空いている手で袖を押さえる。仕草も姿勢も、惚れ惚れするほど格好いい。時折ちりちりという音が混じるが、音の正体は摑めない。

「ああいえ、別にそういう難しそうなのじゃなくて」

仕草や音はさておくとして、月麗は話し始める。

「まずは基本的なところからお願いします。世界が、どういう風になっているのかとか。

おさらいの意味で」

「人の暮らす明世、神の住まう幽世、その二つが重なり合う境世。三つの世から、世界は成る」

　幽世、明世、境世と帝は字を書いていく。その筆運びは実に生真面目だ。ここで止める、ここではねる、ここで払うとしっかり意識して書いているのが伝わってくる。

「な、なるほど」

　そうして書き上げられた字は、何というか、とても下手だった。颯爽たる仕草からはかけ離れた、童子の手習いみたいな筆蹟だ。あまりのひどさに、話の内容が頭から消し飛びそうになる。

「どうした」

「いえ、別に」

　月麗はお茶を濁した。真面目に書いているのが分かるだけに、なおのこと気まずい。

「ここは境世だ。四つある境世――四境の一つで、邽境と呼ばれる。もう少し細かく言うなら、邽境の都の邽都である」

　邽。一般的な字ではないが、圭におおざとと考えれば難しくはない。難しいのは、帝の字を読み解くことだ。個々の部位の大きさがばらばらで、段々別々の字に見えてくる。

「俺は、その邽を治める境帝だ。境世を安寧に保つのが、境帝の務めである。境世に住む妖怪が明世に害をなすのを防いだり、迷い込んでくる人間に対応したりと忙しいな」

月麗は息を呑んだ。迷い込んでくる人間への、対応。

「どうした？」

帝が、月麗を見てくる。

「あ！　いえ！」

慌てて誤魔化そうとする。「対応」とは、大方骨も残さず喰らってしまうことだろう。もし正体がばれたら、月麗も同じ目に遭うこと必至である。

「確か――明世？　でもそういう昔話があるらしいですね。鄿山、だったかな。そこの神様に、生贄の妃を捧げるとか」

「聞いたことがあるな。邽という字が誤って伝わっておかしな字が生まれ、その字に基づいてありもしない伝説が語られるようになったとか」

月麗は帝の書いた字を見る。もしや、それが原因では。歴代の境帝はみんな字が下手で、その書いたものが流出して混乱を招いたとかでは。

「生贄の、妃か」

ふっ、と。帝は笑う。相変わらず美しすぎる笑顔だ。そしてその過剰なほどの美しさは、酷薄さの裏返しであるようにも感じられる。月麗は真冬に氷水を浴びたような気持ちになった。喰らわれる。これは絶対、喰らわれる。

「そう言えば！　お妃はどれだけいるのでしたっけ」

切迫した危険を感じ、月麗は話題を変えた。

「五名だ」

帝は、淡々と答えた。月麗が氷水漬けになっていることには、気づいていないらしい。

「代々、五つの家から妃を取る。それに加えて嬪を迎えた前例もある」

胡仙、黄仙、白仙、柳仙、灰仙。帝が五つの家の名を書き記していく。帝には本当に申し訳ないのだが、どれもこれも読みにくい。

それはさておき、ようやく自分の字が分かった。胡仙妃。しっかり覚えなければ。

「他の家の皆様は、どういう方々でしたっけ」

新たな質問をする。これも知っておきたい。月麗の想像する後宮とは、妃たちが互いに足を引っ張り合い陥れ合うこの世の地獄だ。逃げ出す前に毒を盛られて死んだりしたら、元も子もない。

「胡仙は狐妖だったな。黄仙は鼬、白仙は鉄鼠。柳仙は蛇、灰仙は鼠だ」

狐、鼬と帝は字を書いていく。鼬など、画数の多さもあり最早黒い塊にしか見えない。

「あの、あの。わたしが書いてもいいですか」

遂に耐えきれなくなって、月麗は割り込んだ。ただでさえ色々新しい情報を覚えないといけないのだ。そこに文字の解読まで入っては、頭から煙を噴いてしまう。

「えーと、自分で書いた方が覚えやすいですし」

失礼のないように、月麗は当たり障りのない理由をでっち上げる。

「なるほど。そうか」

帝は、疑った様子もなく筆を渡してくれた。

「狐、鼬、鉄鼠。鉄鼠って針鼠（はりねずみ）ですよね？　それから――」

言葉に出しながら、字を書いていく。

「しかし、胡仙妃は達筆だな」

書き上げたところで、帝がそう褒めてくれた。

「ありがとうございます」

月麗は少し照れる。書は、色々へっぽこな月麗にとって数少ない特技である。

占いをする時にも、随分と役に立っている。月麗たちの使う字には一つ一つ意味があり、占いにもそれは大きく関わっている。なので字を見せながら説明すると分かりやすいし、見応えのある字ならより効果があるのだ。

――とても、貴方（あなた）らしい字ですね。溌剌（はつらつ）としていて力強く、でも優しさがある。

師は、そう褒めてくれたものである。その時の月麗は字を覚え始めで、今の帝と変わらない字を書いていた。それでも、師は良い点を見出してやる気に繋（つな）げてくれたのだ。占いだけではなく、上手ではない字の褒め方も教わっておけばよかったと月麗は思う。

「さて、と」

とはいえ、済んだことを言っても始まらない。月麗は、改めて五つの家を眺める。

どの家も妖怪なのだなあという感じだが、何にせよ胡仙が狐なのは納得がいく。みんなの面立ちからしてそんな雰囲気があるし、頭目も本来の胡仙妃も「化かされた」と言っていた。狐といえば化かす動物である。色々不思議な事態が勃発していたことにも、ひとまずの説明がついた。妖怪変化の仕業だったのだ。

しかし、五つあってそれぞれが別の妖怪となると覚えにくい。さて、どうしたものか。

「白仙は故あって辺土に赴いている。柳仙は眠いと言って宮に閉じこもり出てこない。顔を合わせるとしたら、鼬の黄仙か鼠の灰仙の妃だな」

帝が、そう付け足した。妖怪が二つに減ったわけである。これは大分楽になった。

「そういえば、色なんですね」

ふと、月麗はそんなことに気づいた。鼬は毛が黄色がかっているし、鼠といえば灰色だ。

これは覚えやすい。黄仙は鼬、灰仙は鼠。

「うむ。鉄鼠は針以外の部分が白いし、柳色といえば緑がかっていて蛇の色だな」

帝が補足する。なるほど、覚えるためのコツが見えてきた。白仙は鉄鼠、柳仙は蛇。

「ふむふむ、確かに。あれ、でも――」

胡仙だけ色に関係なくないですか、と聞きかけて慌てて止める。それを知らないのは、いくら何でもおかしい。

「でも、何だ」

帝は月麗の言葉尻を捉えてきた。こんな時に限って、と月麗は内心狼狽える。

「あの、帝は何の妖怪なんですか？　代々何かの妖怪なんですよね？」

——月麗としては、誤魔化すためにした適当な質問だった。

「教える必要は、ない」

それに帝は、態度を硬化させた。表情はかすかに、しかしはっきりと、険しい。

「ごめんなさい」

聞いてはいけないことだったようだ。さては、帝の正体はニワトリの妖怪だとかそういうことだろうか。だとしたら確かに聞いてはいけなかった。毎日帝がコケコッコーと朝を告げたりしたらたまったものではない。処刑覚悟で抱腹絶倒してしまう。

それはさておき。帝はすっかり黙り込んでしまった。気まずい。空気を変えないと。

「——あの。妃は今五人いるわけですが、皇后はどちらに？」

月麗は質問した。妃とは、普通側室のことを言う。正室たる皇后が、他にいるはずだ。

「皇后はいない。五名の妃の中から選ばれる」

帝は、元の雰囲気に戻っていた。それはよかったが、話の内容はよろしくない。

「他の妃を罠にはめたり逆に陥れられたりとか、しないといけないわけですか」

やはり地獄な後宮なのか。暗澹たる気持ちで月麗が呟くと、帝は首を横に振った。

「今はもう実際に闘争に及ぶことはない。俺がさせぬ」

「じゃあ、平和なんですか？　みんなで優雅にお茶を楽しむような」

帝の言葉に、月麗は微かな希望を持った。そういえば宦官は可愛いもふもふなわけだし、ここではほのぼの後宮絵巻が繰り広げられるのかもしれない。みんなでお料理したりお菓子を作ったりしているうちに一日が終わるとか。

「そういうわけではない。五家はそれぞれ反目しあっている」

「あう」

空想の中でまったりする月麗に、帝が現実を突きつけた。

「それもあり、後宮に身を置く女は日々苦しんでいる。しばしば憂いを深くし、心神を患う。理に適わぬ古いしきたりのせいだ。俺は、それを改めようと取り組んでいる」

がっくりする月麗に、帝は話す。

「しかし、抵抗も大きい。実現するのはまだまだ先のことだ。今すぐに、後宮の者たちの悩みに癒やしをもたらす必要がある。そこで、お前の力を借りたいのだ」

「――なるほど」

あまり、気が進まない。悩んでいる人に、占いで力を貸すこと自体はよい。占筮者として、望むところである。しかし、突然後宮に閉じ込められて妃にされた挙げ句、やれと命令されてやるのは何だか違う。それに、用が済んだら喰らうつもりだろうし。

「改めてお前に占われて、確信した。お前なら、きっと俺の期待に応えることができる」

だが、こうして正面から真っ直ぐ見つめられて頼まれると、何も言えなくなる。

「答えを聞かせろ」

帝が手を伸ばし、筆を持ったままの月麗の手を握りしめてきた。その力強さに、胸がどくんと弾む。頭がぽうっとなって、何も考えられなくなる――

「お時間にございます！」

突然、そんな声が外から飛び込んできた。月麗は、はっと我に返る。

「お時間にございます！」

再び声がした。宦官のものだ。

「陛下？」

月麗は帝の様子を窺ってみる。帝は、月麗の手を握ったまま動きを止めていた。

「お時間にございます！　お時間にございます！」

宦官が、必死の気配で繰り返す。

「止むを得ぬか」

帝は月麗から手を離した。ほっとしたような、残念なような、妙な気分に月麗はなる。

「お時間にございます！　お時間にございます！　おじか――」

「聞こえている。すぐに出る」

小声で、帝は忌々しそうに言った。――そう、忌々しそうに。

月麗は驚く。それは何だか駄々をこねる子供のようで、どこか可愛かったのだ。

「かしこまりました！」

宦官が、ほっとした声色でそう答えてきた。

「筆や墨はどうする。使うならば、これからも持ってこさせるが」

椅子から立ち上がると、帝が訊ねてきた。

「はい、お願いします」

月麗は目を輝かせてそう答えた。この部屋で過ごす時間は退屈だ。しかし、書くものがあれば随分と気も紛れるだろう。

「うむ。紙は宦官に言えば好きなだけ届くように手配しておく。占部尚書の務めを果たすにあたっては、必要となるだろうしな」

「え？　いや、そういうわけでは――」

「これだけはもらっていこう」

「履」と書かれた紙を手にすると、帝は出て行く。

「これからの働きに期待しているぞ、占部尚書よ」

戸口で、帝は振り返ってそう言った。

「――うう」

一人になり、月麗は呻く。

「何でこうなるのよう」

嘆きの言葉が、広い部屋に哀しく響いたのだった。

邽の境帝が起臥するのは、元寧殿である。宮城の中央に位置し、周囲にある五つの宮よりも高い位置に作られている。

かつては、妃の宮でそのまま眠るのも普通のことであった。しかし、ある帝が白仙宮で休み不審な死を遂げるという事件が起こり、それ以来妃の閨房を訪れる際には時間を決めて元寧殿へと戻ることになったのだった。

その元寧殿の寝室にて、当代の邽境の境帝である洪封は机を前に座っていた。先程胡仙宮で胡仙妃と挟んでいたものよりも、遥かに大きく豪華なものである。

机の上には、一枚の紙が置かれていた。紙には、雄渾な筆致で「履」と書かれている。胡仙宮から、持ち帰ってきたものだ。

「陛下」

そこに、一人の男性が現れた。欧陽龍、字を元雲。門下侍郎の職にある若者だ。

端麗な面立ちが、目を惹く。涼やかな目元、肩に掛かる長さの髪。秋霜烈日の如き厳しさを伴う帝の美しさと対照的に、どこか剽軽な親しみやすさがある。

「恐れ多くも、深更に御前に参りましたるご無礼、伏してお詫びいたします」

龍が言う。伏してどころか突っ立ったままで、拱手一つしていない。

「どうだった」

龍に目を向け、封は訊ねた。非礼さを咎める色はない。

「田家は勿論ダメ、黄家は逆に裏切るよう誘いを掛けてきました。常家や服家の当主は会ってさえくれませんでしたね」

にこにこしながら、龍は答える。

「やれやれ。やはりか」

うんざりした様子も露わに、洪封は言った。

「俺のことが嫌いでも構わん。しかし、俺の話くらいは真面目に聞いてもいいだろう」

洪封は、素直な感情を撒き散らす。龍を信頼していることが、表れている。

「守旧、固陋、因循、頑愚、頑迷、蒙昧、退嬰、まあ何と呼んでもいいですが、そのような感じでしたね。耳を貸してくれたのは、馮家、麋元和殿、宿将軍くらいでしょうか。あ、賀明亮殿――工部尚書も真剣に聞いてくれましたよ」

「後宮に直訴しに来るのだけはやめろと伝えておいてくれ。楊清は？」

「はぐらかされました。楊家としては、立場を明確にしたくないのでしょう」

「まったく」

封は肩を落とした。

「陛下の仰せはよく道理を察し、また大いに時宜を得たものです。しかし、彼らには『古来保たれてきた伝統を守らず、新奇なものばかり追う愚かな行い』と見えるようで」

龍が言い、封は溜め息をつく。

「そういう考え方を持つことを、禁じようとは思わん。『新しくなければならぬ』という狭量さは、『新しくてはならぬ』という偏狭さと同じことだ」

「大変立派なお考えです。しかし、いかがでしょうね」

龍は、大袈裟に首を傾げてみせる。朗らかな茶目っ気が、その仕草に弾ける。

「むしろ、立派なものほど政の場での争いには弱いものです。立派でない手段を用いることができませんし、何か一つでも『立派でない』と受け取られることが身辺に起きれば、一気に周囲の心が離れてしまう」

「元より争いは望まぬ。邦を二つに分かち、繋がりを断つことは避けねばならぬ」

封の言葉に、力がこもる。龍は、頷いて同意を示した。

「誰よりも邦を思ってのことであるのに、陛下の言葉は中々届かぬようですね」

「まったくだ」

文字を見ながら、封は溜め息をつく。

「おや、綺麗な文字だ。陛下が百名がかりでもこんな字は書けますまい」

封の視線の先を見て、龍が感嘆するように眉を上げ下げした。

「百も二百も俺がいてはかえって字が書きづらい。『胡仙宮にいる女』の書いたものだ」

「ほう」

封の表現が指すところを察したか、龍がにこにこ笑う。

「胡仙宮といえば、大事ですね。著作郎に聞いてみないと分かりませんが、五家の妃として五家の血を一切引かぬ者が納められるのは、邦境始まって以来の不祥事では」

笑いどころでもないのに笑っているのは、彼の性格による。緊迫した状況やのっぴきならぬ危地を、面白がり楽しむところがあるのだ。

「まったく心配だ。あいつは胡仙が狐妖だということも知らない様子だった」

封は、正反対に眉間に皺を寄せ考え込んでいた。この考え込みぶりは、彼の性格による。いかなる物事も深刻に真剣に受け止め、真正面から検討するところがあるのだ。

「最初なんて、離と名乗ったんですよね？　胡仙の名字は令狐なのに」

「そうだ。胡仙宮は一切事情を教えていないぞ。あいつが自分で探りを入れてきた」

封が龍を見る。

「お前の言った通り、できるだけ気づかないふりをしつつ遠回しに教えた。しかし本当にこのやり方でいいのか。互いの情報を共有し、協力関係を築き上げるべきではないのか」

「駄目に決まってます」

龍は、目を見開いて封を見返す。

「五家の関係や争花叡覧のことをいきなり告げられたら、嫌になってしまいますよ。ただでさえ、とあるやんごとなき方のご配慮で尚書の地位に大抜擢されてしまって困り果てていることでしょうに」

「言うな。あの時は、それが名案だと考えたのだ」

「いいえ、申し上げます。困り果てているのは小臣も同様にございます故」

へりくだった物言いをしつつ、龍は封を見下ろす。言行不一致の新しい切り口だ。

「本来、勅は門下省を通じて出すものです。その門下省の副官たる門下侍郎が、今どれだけ苦労しているかお分かりですか？」

「分かっているつもりだ」

「その上、改革への根回しもしているのですよ？」

「感謝しているつもりだ。その上で頼む。あの女を後宮に残したい。何とかしてくれ」

封が言う。帝の言葉と考えると、これは懇願に近いだろう。

「できません。諦めて明世に戻して差し上げましょう」

「霍家の寡婦との密通、公にしてもよいのだぞ」

　そう言って、帝は龍を見据える。

「『五家から妃を出す』という仕組みではありますが、そこに『五家の血を引いた者でなければならない』という条件はないはず」

　すらすらと龍は抜け道を提案してみせた。

「まずは律学博士に法文の解釈を行ってもらいます。まとまり次第、改めて言上いたします。時間は相当にかかると思いますので、そこはご容赦下さい」

「善哉（よきかな）」

　封は、満足げに頷いた。

「まったく。得難い優秀な腹心を、そんな醜聞で失うつもりなのですか」

　龍は不満を露わにする。

「失われるのは、お前が大勢のご婦人方からつなぎ止めている信頼だろう」

　封はふっと口元を緩めた。

「おやおや。そんな風に笑う穹慈（きゅうじ）を、随分と久しぶりに見ましたね」

　龍が、封を字で呼んだ。負け惜しみの合間から、互いが育んでいる友情の深さがちらりと顔を見せる。

「朗らかな女と話していたせいかもしれんな。柔な存在に、剛が感化されてしまったか」

　微笑（ほほえ）んだまま、洪封は再び文字に目を落としたのだった。

第二占　幸せも苦労も噛みしめて

兵は凶器なり。争いは逆徳なり。


月麗(げつれい)は、歩きながら泣きそうな声を出した。頭の上には、竹簡が山と積まれている。

「あの、あの」

「もう勘弁してくれませんか」

人の頭は、竹簡を積み上げて運ぶためにできてはいない。竹簡も、人の頭の上に積み上げて運ぶように作られてはいない。なのに、なぜ月麗は竹簡運搬車になっているのか。

「胡仙(こせん)妃に相応(ふさわ)しい歩き方を身につける修練です。しっかり集中なさいませ」

それは頭目――胡仙宮の侍女を束ねる蘇北風(そほくふう)により、しごかれているからなのだった。

「そんな、許してくださいよ頭目」

月麗がそう言うなり、北風はすっと目を細める。

「わたしは侍女の頭、輔仙(ほせん)です。頭目ではありません」

人は怒った時、目を見開いたりするものだ。しかし北風はいつも目を細める。いやまあ本来人ではないのだろうけれど、とにかくとんでもなく怖い。

「今朝はびっくりしましたねえ。お部屋に参上しましたら、牀榻の上でばいんばいん跳ねていらして」

そう言ったのは、袁麻姑。胡仙宮の侍女だ。髪が綺麗で、初めて会った時には勢いよく顔から木に突っ込んでいたあの女性である。

「いやあ、ちょっと試してみたくなって。どのくらい弾めるのかなって」

部屋にある物凄く大きい寝台だが、他にも特徴があった。超ふかふかしているのだ。

今朝月麗は、試しに勢いをつけてえいやっと寝台に飛び乗ってみた。すると、月麗の体はばいんと弾んだ。ばいん、である。人生初の感覚だった。そんな感覚を味わってしまえば、次にやることは一つだ。ばいんの限界への挑戦である。

そんな感じでばいんばいんしていたら部屋に侍女たちが入ってきて、月麗は北風に叱られてしまった。

「分かります。そういうの、極めてみたくなりますよね」

麻姑が頷く。月麗の探究心に理解を示してくれている。嬉しい。味方になってほしい。

「麻姑」

北風が、麻姑を睨んだ。麻姑はひっと首をすくめる。加勢を期待するのは無理そうだ。

「胡仙妃に必要なのは、牀榻で弾むことではない。帝の御心を弾ませあそばすだけの、美しさや淑やかさを身につけることだ」

「美しさ。淑やかさ」

月麗は呻いた。旅の占筮者に不要なものは沢山あるが、美しさや淑やかさはその上位に入る。いきなり言われても、そう簡単に身につくものではない。

「滑り出しは、こう申し上げては失礼ですが、意外なほどに順調です。輿入れの日から、帝は頻繁に胡仙宮に渡ってこられるのですから」

北風が言う。月麗は、それに曖昧な笑いだけを返した。

――邽に来てから、やっていることは、占いやら雑談やらばかりである。いわゆる一つの「情けを受ける」みたいな何かは一切ない。万一それを知られたら、頭の上に載るのは竹簡ではなく鋼鉄製の盾とかになってしまいそうだ。

「――あっ！」

月麗はけつまずいた。胡乱なことを考えていて、足元がお留守になっていたのだ。

「いだぁ」

がらがらと竹簡を撒き散らしながら、月麗は派手にすっ転ぶ。

「大股すぎるのです。ああ、そういうところからなのですね」

辺りに転がった竹簡を拾いながら、北風が嘆く。

「そりゃあ、そうですよ。ずっと旅の占筮者をやってましたもので」

月麗はふてくされた。旅とはすなわち歩くことだ。ただでさえ小柄な月麗である。一歩一歩の歩幅がちょこちょこしていては、いつまで経っても次の街に到達できない。

「今までの貴方が誰であったとしても、今の貴方は胡仙妃です。だから――」

北風の言葉に重なるようにして、どこからか太鼓の音が聞こえてきた。節目の時刻を告げる、鼓楼の音だ。

担当の宦官が刻漏という装置で時を見、節目の時刻ごとに鼓楼と呼ばれる櫓に登り、太鼓を叩いて時を知らせるのだという。あの毛玉がはしごをえんやこらと登ったり、えいやっと太鼓を叩いたりしているということらしい。話を聞いた時は、是非見たいと北風に頼んだのだが、すっと目を細められて終わってしまった。

「申し上げます！　申し上げます！」

ぽてぽてと宦官が走ってきた。

「ただいま、太陽が中天にかかりましてございます。これより胡仙妃は占部尚書として執務なさいますよう」

「はい！」

月麗は目を輝かせる。胡仙妃としての暮らしは午前の間。午後の月麗は、占い大臣なのだ。

「新設の部とはいえ、女性の尚書など前代未聞です」

北風がやれやれと目尻を下げる。意外にも、北風は占い大臣に任命されたことを割合好意的に捉えているらしい。何でもいいから帝に近づき心を摑めということだろうか。

「行ってきまーす！」

何はともあれ、地獄の妃修業はここまでだ。月麗は走り出す。

「あ、ちょっと！　胡仙妃であれ尚書であれ、宮城内を走るなどもってのほかです！」

背中にかけられる北風の声には聞こえないふりをして、月麗は勇躍出発したのだった。


月麗が向かったのは、帝が日中執務する光翼殿から程近いところにある建物だ。

その名は大有殿。新しく建設された、占い大臣の職場である。

名前をつけたのは月麗だ。何かめでたい言葉はないかと帝に聞かれ、めでたい結果である「大有」の名前を挙げたら、そのまま通ってしまったのである。空で太陽が輝いたり、色々なものを大いに所有したりする的な意味なので、ちょっとめでたすぎの感もある。

「しかし、何度見てもすごいなあ」

大有殿を見上げて、月麗はそう呟いた。

柱は朱色で、壁面には見事な模様が彫り込まれている。出入り口の上には、大有殿と書かれた扁額が掲げられている。書いたのは月麗だ。扁額に揮毫することなど、初めての経験だった。今こうして見上げてみると、高い所に掲げるには字が大人しくまとまってしまっている。もっとこう、高い所に掲げてやるぞという気概溢れる感じで書けばよかった。あまり見ていると書き直したくなってくるので、更に上に目をやる。

大有殿の屋根は瓦で葺かれており、その瓦は釉で鮮やかに染め上げられていた。こちらも色は赤。赤色で統一されているのは、胡仙の色が赤だかららしい。

大有殿は、月麗が占い大臣に任命されてからほんの数日で建造されてしまった。一体いかなる技術が用いられたのか。工部尚書さんが過労で寿命縮んだりしてないだろうか。などと心配しつつ、月麗は扉――これも豪華で、赤地に金で鮮やかな柄が施されている――を開けて中へと足を踏み入れた。

入ってみると分かるが、殿の名がついている割には、そこまで大きい建物ではない。胡仙宮の月麗の部屋よりは広いが、そうはいっても文武百官が居並び皇帝陛下の前で朝議を行うとかいったことは無理である。

最初帝は、月麗に壮麗な建築物を用意する計画を説明してきた（おそらく文武百官を十分収容できただろう）が、広くても持て余すだけなのでこうしてもらったのだった。

大有殿の中は外側ほど豪華ではなく、木材の木目や質感を活かして仕上げられている。大きな格子窓を東西に取り付けることで外の光を取り入れ、自然な明るさも実現している。

これも、月麗の要望である。占って欲しいという相手が心を開いて話すには、穏やかで落ちついた場所の方がいいからだ。

置かれているほぼ唯一の調度品が、机である。こちらも、木の味わいを前面に押し出したものだ。机の上には占筮道具が揃っていて、筆や紙なども準備済みである。

椅子もいくつか用意している。どれも、机と調和した意匠のものだ。

「さてと」

月麗はそんな椅子に腰を下ろし、墨を磨り始める。悩める後宮の住人の訪れを、待つのだ。

そして、何度目かの太鼓が聞こえてきた。さっきまでいた胡仙宮の近くよりも随分と鼓楼に近いので、その音はずっしりと響く。

「誰も来ない」

月麗は、机にぼてっと上半身を投げ出した。硯には磨った墨がたっぷり。気合もばっちり。しかし、一番大事なお客さんがいない。何を隠そう、占い大臣に任命されてからこの方、誰ひとりとして月麗の元を訪れていないのだ。

好奇心旺盛な月麗にとって、退屈は天敵に近い。誰も来ないということは、常に敵と交戦状態にあるということを意味する。

　建物がそこそこ広いのも、退屈な気分に拍車を掛けてきた。時間も空間も余っている。

「もうちょっと狭くしてくれても、よかったよねえ」

　大きさは、縦にも横にも月麗が十二人くらい横になれる。昨日、あまりの暇さに実際に自分の体で測ったので間違いない。

「何もしないで時間が過ぎるのを待つって、しんどいなあ」

　掃除でもしたら気も紛れるのだが、既にしっかり掃除されていてちり一つない。月麗が何かすれば、かえって散らかってしまいそうだ。

「――うーん」

　退屈なだけではない。中々焦り始めるところでもある。あまりに成果がでないと占い大臣を免職になり、そのまま喰(く)らわれてしまうかもしれない。

『勅を下す。占い大臣を免じ、俺の今夜の食事とする』

　いきなり胡仙宮に現れた帝が、そんなことを言ってくるかもしれない。

『占筮者のあぶり焼きにして、喰ろうてやります。姿勢を正す訓練を受けさせたことで、肉の旨(うま)みも増しておりましょう』

　北風が、にやりと笑ってそんなことを言うかもしれない。

　月麗は頭を抱えた。悩み相談に乗ることができなくて悩むのだから世話はない。

　宣伝でもすべきだろうか。考えてみれば、いきなりよく分からない建物が建てられ、そこで占いやってますとか言われても、誰も来はしないだろう。新参者で、付き合いも何もない月麗では尚更だ。

しかし、宣伝するにしてもどうすればいいのか。帝がした話を思い出す。五名の妃の中から一人の皇后を選ぶという、あれだ。

――今はもう実際に闘争に及ぶことはない。

帝はそう言っていた。何とも含みのある表現だ。今までは、実際に闘いや争いが繰り広げられていたということなのか。だとすると、迂闊に他の妃に接触するのは危険だ。相手の宮を訪れた瞬間、「のこのことよく来たものだ」と斬り捨てられたりするかもしれない。何せ闘争なのだ。武力の行使が伴うことも十分に考えられる。

北風に聞いてもみたのだが、「おいおい一つずつ教えます。まずは妃らしい身のこなしからです」と言われ、頭に載せる竹簡を一つ増やされた。聞かなければよかったなあ――

「――ん？」

月麗は顔を上げた。何か、物音がしたのだ。

視線の先で、少し開いていた扉がぱたんと閉じる。誰かが覗いていたらしい。

もしや、お客さんが来たのだろうか。月麗はさささと移動して扉の側の壁に張り付き、外の様子を窺う。

再び扉が開いた。誰かが中を覗き込んでくる。丁度真っ正面から目が合う形になった。

「わわっ！」

相手はびっくりして扉を閉める。

「ちょ、ちょっと逃げないでください！」

月麗は扉をこじ開けた。退屈との戦いに勝利する好機だ。むざむざ逃してなるものか。

「ああ、見つかってしまいました」

そこにいたのは、麻姑だった。おろおろとしている。手には、何やら籠を下げている。

「どうしたんですか？　何かご用が？」

「いえ、その」

麻姑は、手にした籠を差し出し、蓋を開けた。

「蒸餅（じょうべい）です。小麦の粉に水を加えてしばらく置いておいたものを、蒸して作りました。できたてで美味（おい）しいので、こっそり持ってきたんです」

中には、上の部分が十字に裂けた丸い蒸餅がいくつも入っていた。

――蒸餅、上に裂けて十字をなさざれば、食わざりし。

昔、食に物凄（ものすご）くこだわる宰相がいた。その宰相は蒸餅が大好きだったが、膨らみ十字に裂けるまでじっくり蒸し上げたものでないと食べなかったという。贅沢（ぜいたく）の代表例として語り継がれている話だ。

「おいしい!」

そんな伝説の贅沢品を、月麗はおやつ感覚でぱくぱく食べていた。

「とってもおいしい!」

いや、その魅力といったら伝説よりも更に上を行っているかもしれない。

まず食感。ぱりっとした表面、ふわっとした中身。相反する要素が、美しい調和を保っている。まるで二つの楽器が競う演奏のように、「ぱりっ」と「ふわっ」とが絡み合うことで、世にも見事な食感を生み出している。

次に味わい。穏やかな甘みとそこはかとない塩味とが、共存している。どちらも、味覚としては主張が強い。なのに、この蒸餅の中では喧嘩をせず折り合いを付けている。様々な角度からの風味が何層にも折り重なり、美味の高みへと上っていく。言うなれば、これは山だ。手で持ってぱくぱく食べられる名山だ。ただ小麦の粉をじっくり蒸しただけでは、こうはいかないはずである。一体どんな秘密があるのだろう。

「いやあ、気に入ってもらえて嬉しいです」

机を挟んで向かいに座った麻姑が、照れたように言う。

「姐姐が——じゃなかった蘇輔仙が、胡仙妃に蒸餅を食べさせちゃ駄目だって言うんです。太るからって。狐はすらりとしているものなのに、太ったら正体がバレてしまうって。でも、折角おいしそうに蒸せたし、食べてもらいたくて」

「ありがとうございます、泣けます」

嬉しすぎて、月麗は泣きそうになった。涙と共に蒸餅を食べたら、味の均衡が塩味側に傾きそうだ。

「本当においしいです！　ああおいしい！」

もりもり食べてから、はっと月麗は気づく。

「折角ですし、麻姑さんも食べてください」

月麗がそう言った途端、麻姑はびくりと体を動かした。名を呼ばれて、驚いたらしい。

「そんな、堅苦しくならないで。わたしも月麗と呼んでください」

月麗は、そう申し出る。

「ええ、そんな。困ります」

麻姑がおろおろした。美しい黒髪は僅かな動きも反映し、さらさらと滑らかに流れる。

「わたし本当にドジで。姐姐の――輔仙の前でお名前をお呼びして大目玉を食らいそう」

北風は目を大きくせずに細めると思うが、そういう細かい表現の部分はさておき、なるほどそれはあり得るかもしれない。

「困りましたねえ」

むうとしばし考えてから、月麗はとりあえずの落とし所を見つけた。

「ならせめて、これを食べてください」

蒸餅の入った籠を、ぐぐと麻姑の方に押し出す。同等の喋り方をしてくれないというのなら、せめて同じものを食べて同じ時間を過ごしてもらう。

「――うう、分かりました」

しばし逡巡してから、麻姑は蒸餅を手に取った。遠慮がちに手で持ち、ぱくりと囓る。もぐもぐする麻姑の顔に、素敵な笑みが花開く。おいしくて、言葉にならないらしい。

すっかり嬉しくなって、月麗は食べる速度を上げる。

「おいしいなあ。おいしいなあ。本当においし――むぐっ！」

唐突に、月麗は目を白黒させた。勢いよく飲み込みすぎて、蒸餅がみぞおちの辺りで引っかかったのだ。これは一大事だ。しゃっくりが出て中々止まらなくなるやつである。

「大丈夫ですか？」

慌てて椅子から立つと、麻姑は駆け寄ってきた。そして背中をさすったり、ぽんぽんと軽く叩いたりしてくれる。

「――はあ、大丈夫です」

そのお陰か、引っかかっていたものは無事落ちていった。

「すいません、お茶か何か持ってきたらよかったですね」

麻姑が肩を落とす。

「わたし、いつも抜けてて。失敗ばかりなんです。一生懸命努力はしてるつもりなんですけど、やってるそばから新しく失敗して。──胡仙宮に仕えることも、割と家族に反対されてたんです。あんたなんかじゃ無理だって。それを押し切って、来たんですけど」

陽気な彼女だが、すっかり元気をなくしている。本当に、悩んでいるのだろう。

「──なるほど」

気軽に励ますのは、難しい。麻姑が頑張りたいことは麻姑が頑張らないといけないし、麻姑がした失敗を取り返すことは麻姑にしかできない。

でも、だからといって。それは全部麻姑の責任だと、突き放したくはない。見て見ぬ振りは、したくない。

「あ、いいこと思いつきました。占ってあげましょうか？」

──そんな時のために、占いはある。

「でも、わたし」

麻姑は、困った様子を見せた。自分などがいいのだろうか、と躊躇っているのだろう。

「いいんですよ」

近くにあった筮筒の位置を少し脇へずらす。筮筒が邪魔で話しづらい、などというわけではない。これは、わたしと貴方の間に仕切りはありませんよという仕草だ。仕草は時に、言葉以上に人の気持ちを相手に伝える。

「大丈夫ですよ。別に報酬を取れみたいに言われてないですし。ああ、そのようなお言葉は賜っておりませんし」

帝について砕けた言葉遣いをしてしまい、慌てて修正する。麻姑が月麗を気安く呼ぶのを躊躇うのが、よく分かった。なるほど結構出てしまう。

「後宮の女性たちの悩みを、軽くしてやれとの仰せでした。貴方もまた後宮の女性の一人なんだから、陛下の御意にかなうのです。遠慮することはないですよ」

言いながら、月麗は帝に「後宮専属の占い師になれ」と迫られた時のことを思い出した。あの時は、決して乗り気ではなかった。しかし今は少し違う。

それはやはり、彼女のことを知ったからだろう。ばいんと弾むみたいな他愛ない話をしたり、一緒においしい蒸餅を食べたり、直に悩みを聞いたりしたからだろう。

占いとは、相手を見て行うものだ。裏を返せば、相手が見えると占いたくなるのである。

「――分かりました」

ようやく麻姑は頷いた。

「それでは、貴方の努力がどうなるかを占ってみますね」

まずは小さな桶に汲んでおいた綺麗な水に手巾を浸し、それで手を拭く。続けて筆記用具を準備すると、筮竹を一本だけ筮筒に残して手に取る。

扇状に開き、顔の前に掲げる。やはり、未来は観えない。上等である。月麗は、自分の占筮で彼女と向き合うのだ。

――陰陽の理と占筮の法を以て、天に問う。

月麗は占字文を唱える。声には出さず、しかし高らかに。

――占者離月麗、未だ袁麻姑の精励の成否を知らず、成果を知らず。前途を知らず、帰着を知らず。願わくは疑を決さんがため、小成八卦大成六十四卦卦爻三百八十四爻に依りてその意を顕したまえ。

月麗は筮竹を捌く。筮竹を天と地と人とに分かち、その行いを通じて幾を推し量る。

「すごい」

月麗を見ながら、麻姑が声を漏らす。

実のところ、捌き方自体はそこまで複雑怪奇なものではない。だが、占筮者によっては相手を圧倒することを狙って大袈裟に捌く者もいる。月麗はそもそもが小柄で迫力を出しにくいため、その手の演出は諦めている。

だから。もし真実感心してもらえたならば、それは月麗の真剣さが伝わったのだろう。

筮竹を捌き、算木で記憶し。月麗は、答えを導き出した。

――噬嗑、その四。

「ひええ」

噬嗑と書いてみせるなり、麻姑は情けない声を上げた。

「何か、すごく怖い字なんですけど。『不幸になって死ぬ』とかですか？」

早速泣きだしそうだ。とても生き生きとした反応である。こういう相手を占うのは楽しい。

「そんなことはないですよ」

意地悪で「違います。目上の怖い存在に夢の中でも叱られ続けるという意味です」とか言いたくなるのをぐっとこらえ、月麗は微笑（ほほえ）みかけた。

「まあ、確かに不気味な雰囲気はありますね。普段使わない字ですし、画数多くて禍々（まがまが）しく見えますし。でも安心してください。そんな恐るべき字ではないです」

月麗は筆で指し示しながら、文字の説明を始める。

「上の噬は『噛（か）む』という意味で、下の嗑は『歯を合わせる』という意味なんです」

「噛んで、歯を合わせる」

麻姑が、むーと字を睨（にら）みつける。

「つまり、もぐもぐしてるってことですか？」

「その通りです！」

明るく返事をしてみせる。すると麻姑は、つられて嬉しそうに笑った。いい子だなあ。

「この結果の時は色々なものを噛むんですが、今回は硬いお肉です」

「硬い、お肉ですか」

麻姑がしょんぼりする。無理もない。「努力しても中々身にならない」という悩みを相談して、「お前は硬い肉を噛んでいるのだ」と答えられたら、がっかりもするだろう。

「でも、噛んだ甲斐はあるんですよ。その肉には、黄金の矢が埋まっていますから」

「黄金の矢、ですか？」

麻姑が目をぱちくりさせる。

「その通り。ぴかぴかに光る金のやじりを持つ矢です」

『乾胏を噬んで、金矢を得たり』。難しい表現だとこうなる。乾胏とは見慣れない言葉だが、硬い骨付きの肉のことだ。そしてこの一文には、続きもある。

「続きの読み方には色々ありますが、今回は『苦労していることについての占問なら、吉』と読みます。麻姑さん、既にすっごく頑張ってますもんね」

月麗は筆を置き、椅子から立って身を乗り出すと麻姑の手を取った。爪は短く切り揃えられ、飾り気もない。装うこともなく仕事に打ち込む、実直な手だ。

「ひゃっ！　何ですか何ですか？」

麻姑は赤くなって狼狽えた。ほんと可愛いなあ。

「失礼しますね」

逃げようとするのを捕まえて、手の平をぺたぺたと触る。

「やっぱり」

肉刺が、いくつもできていた。昨日今日できたものではない。日々重く堅いものを握りしめ、振り回し続けていることが分かる。

月麗の脳裏に、とある光景が蘇る。鄆山の山中、麻姑と初めて出会った時のことだ。木に顔からぶつかって気絶している麻姑は、今問題ではない。注目すべきなのは、彼女が手にしていた棍だ。服装とあまりにかけ離れた、物々しい武器。それは傷が多く色も褪せた、しっかり使い込まれたものではなかったか。

「棍の練習、すごく頑張ってるんですね」

「はい。──たとえば姐姐もそうですし、他にも璘とか宇春とか、雲英とか雲翹とか、棍が上手な胡仙の侍女って沢山いるんです」

ぽうっとした表情で、麻姑が話す。

「でもやっぱり、自分でも頑張りたくて」

表情はぽうっとしていても、その言葉には芯があった。

「『未だ、大いなる域には達していない』という言葉もこの結果には含まれています。でもそれは、今の頑張りに大いなる伸びしろがあるということです」

その芯に届けと、月麗は言葉を投げかける。

「貴方の努力は、必ず報われます」

「はい」

麻姑は、素直にそう答えてくれた。とても嬉しそうな表情だ。それを見ていると、月麗も嬉しい気持ちになる。月麗が、占筮者になってよかったと思う瞬間だ。

出会った相手が明るい気持ちになって、月麗も明るい気持ちになって。旅をしながら、それを広げていく。占筮者として、目指しているところだ。現状肝心の旅ができなくなってしまっているが、ともあれできたことは喜びたい。

「でも、どうして侍女に梶が必要なんですか？」

手を離し座り直してから、月麗はそう聞いた。ふと、気になったのだ。

「ああ、それは争花叡覧のためですね」

月麗に握られていた部分をそっと撫でながら、麻姑は答える。

「へ？　何ですかそれ？」

聞いたことのない言葉に、月麗は目をしばたたかせる。ソーカ、エーラン。一つ一つの言葉が上手く繋がらず、それらしい文字も思い浮かべられない。

「それは――あっ」

言いかけてから、麻姑は両手で口を押さえる。実に分かりやすい。

「麻姑さん。今貴方は、何か言ってはいけないことを言ってしまいましたね」

月麗の指摘に、麻姑は口を押さえたまま目を逸らし、それから首を横に振った。これまた実に分かりやすい。

「さあ、今何を言ったんですか。白状しなさい。胡仙妃の命令です」

月麗がそう迫ると、麻姑は目をうるうるさせた。板挟みになっているのだろう。

「――?」

突然、麻姑の表情が変わった。眉をひそめ、空中に視線を彷徨わせる。

「あれ、この甘い匂いは」

口から手を下ろして、麻姑はそんなことを言う。

「あー、話逸らそうとしてませんか? 匂いなんてしませんよ」

月麗は意地悪に笑ってみせた。言い逃れとしても、ちょっと苦しいのではないか。

「いえ、そんなことないです。近づいてきてます」

麻姑は扉口の方を振り返り、それから立ち上がった。その緊迫した様子は、誤魔化しの類ではなさそうだ。

どうしたんだろう、と月麗も立ち上がったところで、扉が開けられた。続いて、二人の女性が入ってくる。

いずれも、麻姑や北風らと似た侍女の服装だ。違うのは色合いである。

鮮やかな、銀灰色。胡仙宮の侍女たちの華やかな赤色も素晴らしいが、こちらも素敵だ。

何者にも傷つけることのかなわぬ、揺るぎない美しさを感じさせる。

髪形は、揃って包子頭（パオズ）。束ねた髪を、頭の左右のてっぺんで丸くまとめたものだ。

「お邪魔しまーす」

続いて入ってきたのは、女の子といってもいいような年頃に見える少女だった。背丈など、小柄な月麗よりなお低い。

着ているのは、衫（さん）と裙（くん）。とても色彩豊かである。満開の花畑が、大有殿に飛び込んできたかのようだ。月麗より小さいせいもあってか、少々だぼっとした着こなしになっていて、何とも可愛らしい。

髪形は、先に入ってきた女性たちと同様包子頭にしていて、これまたよく似合っている。ちょっと真似（まね）したくなるほどだ。多分こう可愛くはなれないだろうが。

少女は、器具のような何かを顔に着けている。これは確か、眼鏡と呼ばれるものだ。目が悪い人でも、くっきりとものが見えるようになる道具である。西の方からはるばる渡ってきたというものを、見たことがある。

眼鏡の奥には、ぱっちりとした瞳がある。ぐりぐり大きいだけの月麗と違い、見る者を惹（ひ）きつける強い輝きがある。

「灰仙妃（かいせんひ）」

少女を見て、麻姑が言った。

えてるぞ。

「ええ、貴方が！」

びっくりしつつ、月麗は記憶をたぐる。灰仙妃。灰色は何の色かといえば、鼠。よし覚えてるぞ。

「はじめまして。あなたが胡仙妃？」

少女――灰仙妃が、月麗に聞いてきた。

「はい、そうです。――あっ、これは失礼しました」

慌てて拱手をする。挨拶もせずにびっくりしてしまった。

「はじめまして。胡仙妃の令狐昭、字を遼君と申します」

これもしっかり覚えておいた。何しろ自分の名前である。間違えたら大変だ。

「どうも」

月麗の自己紹介にそれだけ返事をすると、灰仙妃は部屋を見回した。

「中は地味ね。何があるのかな～って期待してたから、ちょっと肩透かしかも」

「それは、確かに」

中々厳しい指摘だ。返す言葉もない。そういう視点、来る人を楽しませるといった観点から内装を考えてはいなかった。来る人の気持ちを和らげるには、そういう角度から迫る手法もあったかもしれない。

「肩透かしと言えば、貴方もよね」

灰仙妃が、月麗に目を戻す。

「輿入れの日に、随分と陛下の御心にかなったって噂じゃない。だから様子を見に来たのに、何だか普通のお姉さんって感じ」

「それも、確かに」

実に厳しい評価だ。返す言葉もない。何しろちょっと前までド民草だったのだ。いや、今もかつらで綺麗な髪にしてもらったり、輿入れの日ほどではないにせよしっかりとお化粧してもらったりしている。相当な底上げの上で、やっと普通の域に達したといったところか。うう、何だかわびしいなあ。

「で、ここで怪しげなまじないをやってるのね。楽でいいよね、占いって。どうとでも取れるようなことを言っておけば、相手が勝手に『当たった！』って思い込むんでしょ」

大変厳しい批判だ。返す言葉もない――ことはない。

「それは、違います」

正面から、月麗は反論した。まじないなどではない。適当などではない。自信を持って、胸を張って、そう言い切れる。

「どう違うっていうのー？」

灰仙妃は、わざとらしく首を傾げてみせた。挑発的な態度だが、そこにもどこか愛嬌が漂う。

「百聞は一見に如かず。占って差し上げます」

月麗は、そう申し出た。

「やだ」

灰仙妃の表情から、笑みが消える。

「そうやって、陛下の御心を惑わしたんでしょ」

小さな体から放たれる、凄まじいまでの気迫。月麗は思わず竦んだ。

「ねえ」

灰仙妃が、真っ直ぐに月麗を見つめてくる。

「あんた、邪魔なんだけど」

――否、睨み据えてくる。

言葉が出ない。灰仙妃の小さな体から、凄まじいまでの重圧感が放たれている。まるで猛き獣を前にしているかのような、生命としての力の桁が違う存在と対峙しているかのような恐怖が、月麗を鷲摑みにする。

「灰仙妃、お待ちください」

麻姑が進み出た。

「我が主に対してその仰りよう、胡仙宮に仕える者として見過ごしかねます」

その足取りはぎこちなく、言葉の音程は不安定に上下する。

「灰仙妃。お言葉、どうかお取り消しを」

それでも、麻姑は立ち向かう。勇気を振り絞るかのように、灰仙妃たちと対峙する。

「誰に向かって口を利いている」

「胡狐風情が、身の程をわきまえよ」

二人の女性――おそらく侍女なのだろう――が、灰仙妃をかばうようにして前に進み出た。どちらの目にも、剣呑そのものの気配が溢れている。

「胡仙妃さあ、『退宮』してくれない？」

麻姑には返事一つせず、灰仙妃は自分の話を続ける。

「自分から申し出てくれたら、灰仙宮が支持するから。他も文句は言わないでしょ。どっちみち、ちょっと凄んだだけでその様子じゃ『統宮』なんてとても無理じゃない」

月麗は俯いた。タイキュウとかトウキュウとか言われても、言葉の意味が分からない。しかし、素直にそう言うわけにはいかない。

「あーあ、下向いちゃった」

灰仙妃が勝ち誇る。

「お話にならないわね。最初の脱落は、胡仙妃で決定――」

「おやおや」

いきなり、そんな声がした。

「何やら騒がしいと思いましたら」

北風である。開け放しになっていた扉の所に、彼女は立っていた。

「いかがなさいましたか」

北風は悠々と歩くと、月麗と灰仙妃の間に割って入る。

「あら、あら。胡仙宮の古狐じゃない。どうしたの、こんなところで」

灰仙妃も、北風のことは無視しなかった。にやりと笑い、その顔を見上げる。

「ええ。そうですね」

丁度背中を向ける形になっていて、月麗に北風の表情は分からない。

「ここは胡仙宮の殿。掃除しなければ、と思っております」

しかし、推測はつく。おそらく彼女は、月麗が見たことがないほど目を細めている。

「鼠が白昼堂々走り回り、あまつさえちゅうちゅう鳴き騒ぐとは。不衛生極まりない」

「あっはぁ」

笑顔のまま、灰仙妃はくわっと目を剝いた。

その髪に、変化が起こる。色が淡くなり、やがて銀灰色へと変じたのだ。柔らかい質感と、硬質な煌めき。相反する彩りを同時に内包する、この世ならざる美しさ。

「我らが主に対する侮辱、我ら灰仙への嘲弄！　断じて許すことはせぬ！」

「己が言葉を泉下で悔いよ！」

二人の侍女が、服の袖を振り上げた。露わになった手に握られているのは、刀子――短い刀だ。その鋭利な切っ先が、ぎらりと殺気を閃かせる。

「鼠の前歯は痛くてよ？」

灰仙妃が言い放った。その髪が、刀子の刃と同じ色に輝く。

「胡仙の棍は闊掃す」

北風は揺るがない。その手には、瞬時に現れた棍が握られていた。

「棍にて闊く掃き払う」

棍が、まるで生き物のように回転する。辺りの空間を薙ぎ払い、近づいた者へもたらす報いを宣告する。

「鼠一匹残しはせん」

棍を構えると、北風はそう言葉を放ち返した。

「胡仙妃、どうぞお下がりください」

そう言った麻姑もまた、両手で棍を握っている。その手から、震えは消えていた。代わりに滲むのは、戦うという覚悟。

月麗は下がった。危うく尻餅をつきそうになり、何とかこらえる。

――旅の途中で、戦に巻き込まれたことはある。危ない思いをしたことも、一度や二度ではない。

しかし、この場には。その時以上の息苦しさがある。命を超えた何かが、かけられている。

じり、じりと。僅かずつ、侍女たちが動く。互いの間合いを測っているのだろう。

空気が張り詰める。一触、即発。

「そこまでだ」

――しかし。暴力が衝突することは遂になかった。更なる力が、仲裁に入ったのだ。

「この諍い、俺が預かる」

すなわち、境帝である。

一同の手から武器が消える。灰仙妃の髪が元の色に戻る。全員がその場に拝跪し、遅れて月麗もそれに続く。

「宮城の中ではあらゆる闘いと争いを禁じる。禁中という言葉にはそういう意味もあると俺は考える」

供も連れず、ただ一人で帝はやってきた。

「不満があるなら俺に言え。怒りを感じたなら俺にぶつけよ。それを受け止めるだけの度量が、俺にはある。至尊の座にある者を甘く見るな」

武器も持たず、ただ言葉で調停を行った。

「戦は凶いを生む器物なのだ。用いれば必ず擾乱を呼ぶ。擾乱は人の心も乱す。乱れたその先に現れるのは、備えを失った脆い境世だ」

その威儀、その威厳のみで、場を鎮まらせた。

「帝徳に逆らう無益な争いで禁中を騒がす者は、即刻逐宮とする」

「ごめんなさい」

灰仙妃が、泣き声を出した。こっそり見ると、鼻まで真っ赤になっている。今まで放たれていた圧倒的な恐ろしさはすっかり消え、見た目相応の幼さが感じられる。

「わたしが挑発して、娜娜と蕾を煽り立てました」

眼鏡をあげて、袖で涙をごしごしと拭う。二人の侍女は、帝と灰仙妃を交互に見てはおろおろと腰を浮かせる。

「此度の責は全てわたしにございます」

北風が口を開いた。決然たる口調だ。

「侍女の袁麻姑にも、ましてや胡仙妃にも何の罪科もございません」

北風は、勢いよく床に額を叩きつけた。ごっ、と。鈍い音が辺りに響く。

「礼を免ず。他の者もだ」

溜め息交じりに、帝が言う。一同が立ち上がり、月麗もそれに続いた。北風の額からは血が流れていて、麻姑が慌てて近づこうとする。

「蘇北風」

帝が、北風に声を掛けた。麻姑が、びくりと動きを止め、そのまますっ転ぶ。

「俺は叩頭を好まぬ。以前『頭が地を打つ音を俺に聞かせるな』と黄仙宮の侍女に申し渡したが、あれはすべての宮に等しく言触れたつもりでいる。――手当をしてやれ」

そう言い、帝は視線を外した。麻姑がほっとした様子で立ち上がり、北風に駆け寄る。

帝がちらりと月麗を見やってきた。月麗は身を固くする。叱責、されるのだろうか。

十分に考えられることだ。占い大臣に任じられて、最初に起こしたのがこの騒ぎだ。帝には後宮の女性の悩みを軽くしてやれと言われたのに、むしろ余計にややこしくしてしまった。怒られない方がおかしい。

「皆、己の宮に戻れ。しばらく胡仙宮と灰仙宮には渡らぬ」

それだけ言い残すと、帝は大有殿から出て行った。叱責の言葉はなかった。帝は、怒っていないようだ。

ややあってから、灰仙妃が動いた。服の両袖で顔を押さえると、ぱっと大有殿を飛び出していってしまう。侍女たちが、慌ててその後を追いかける。

「無念です」

北風が呟く。

「ごめんなさい、わたしがもっと上手くやっていれば」

麻姑が言った。彼女は、泣きだしてしまいそうだ。

「こういう時に血を流したり首を飛ばされたりするために上役は存在する。逆ではない」

ぶっきらぼうに言う北風に、月麗も駆け寄る。

「大丈夫ですか？」

「ええ。お気を遣わせてしまい、申し訳ございません」

「でも、よかったですよね。陛下が許してくれたみたいで」

月麗がそう言うと、麻姑がびくりと動きを止め、北風は瞑目した。

「そうではないのです」

北風が、視線を床に投げる。

「渡られないというのは、寵愛なさらぬということ。帝は、我々に相応の罰をお与えになったのです」

どうやら、やはり怒られたようだった。


夜。月麗は、一人部屋で机を前に座っていた。手には、筆。机の上には、硯や紙などが並んでいる。

墨を含ませた筆を紙に下ろし、引っかかっている言葉を書き表す。──「擾乱」。

擾という字には擾すという意がある。擾し、かつ乱す。同種の意味の字が重なり、より意味を強めている。

字面も分かりやすいだけに、なおのこと重くのしかかってくる。己が手で憂いを起こし、世を乱していく。そんな流れが見えるようだ。

――ただ、寵を争うのではないようだ。境世の後宮において、妃たちは女性としての魅力を競うだけではない。もっと違う形での争いが、本来は義務づけられているらしい。

そして帝は、そのあり方を好ましく思っていない。今日の話でもその様子は窺えた。月麗を占い大臣にしたのも、よく分かる。多分近づくと妖怪の本能で喰らいたくなるのだろうが、それを抑えてでも任命したのだ。後宮に、いい影響をもたらすために。

「だから、がっかりさせちゃったかなあ」

あの時、月麗は灰仙妃の挑発に正面から立ち向かった。無論信念故のことだったが、かっとなってやり過ぎたのではないか。それで、事態がこじれてしまったのではないか。

「――うーん」

別に、月麗が気に病む必要はない。勝手に連れて来られて、無理やり妃にされたのだ。

しかし、膨らんで十字に裂けた蒸餅の味を思い出すと、済まない気持ちになってくる。帝を落胆させたのではないかと思うと、落ち着かない気持ちになってしまう。

こんな時は、もふもふしたい。そんな気持ちになる。子供の時に一緒にいてくれた、あのもふもふした猫を抱き締めて眠りたい。叶わない、願いだけど――

「──ん？」

りん、という音が響いた。鈴の音だ。続けて、月麗の視界の隅を、何かが通る。黒く、丸い何か。

といっても、黒染め宦官が現れたわけではない。何か──ひどく懐かしい感じもする。どうにも気になって、月麗は机を立つ。きょろきょろとしながら部屋の中を歩いていると、足の後ろに何かがぶつかってきた。擬音を当てるなら、ぽよん、だろうか。何か、肉の塊のようなものが当たってきた感触だ。

振り返って見下ろし、月麗は目を見開いた。

「もふ猫ちゃん！」

黒くふさふさの毛。丸々とした体形。間違いない。かつて一緒にいた猫──もふ猫だ。

「生きてたんだ！　よかったあ！」

月麗は駆け寄り、もふ猫を抱き上げる。

「っと、とと。重たい」

そしてよろめいた。ずっしりとした重みがある。もう少し、軽く持ち上げられたはずなのだが。月麗がその後もあまり大きくならなかったのに対して、猫はすくすくと育ったということらしい。

「また会えるなんて、思ってなかったよ」

ぎゅーっと、顔を押しつける。ふわっと、いい匂いがする。懐かしい匂いだ。

もふ猫が、にゃあと鳴いた。そしてごろごろと喉を鳴らす。

「貴方もこの世界に迷い込んだの？」

顔を上げて、もふ猫に訊ねる。もふ猫は、月麗の手に両の前足を押しつけてにぎにぎとしてくる。まるで摑もうとしているかのような、猫が甘える時にやる仕草だ。

そうして甘える一方で、猫はあまり人と見つめ合わない。しかしもふ猫は違う。月麗が見つめれば、見つめ返してくる。金色の瞳を、月麗の方に向けてくるのだ。遂には月麗の方が、恥ずかしくなって目を逸らしてしまう。目力強すぎなんだよね。

抱えた猫の体を見る。綺麗で、なおかつふわふわ毛に全身が覆われている。尻尾など、毛を束ねたかのようだ。毛色は全身黒一色。とても綺麗な色艶だ。

「──ん？」

そんな黒の中に、光が混じった。顎の下辺り。ぼわぼわとした毛が生えている辺りだ。

「これは──鈴！」

ぼわぼわの中にあるものを探り当てて、月麗は思わず大きな声を上げた。

「付けててくれたんだ！」

猫と旅をしていた頃、月麗は初めて自分一人で客を占い、お金を払ってもらったことがあった。生まれて初めて自分の力で得たそのお金で、月麗は猫に鈴を贈った。可愛らしい造りのもので、きっともふ猫に似合うと思ったのだ。

「これの音だったのね」

鈴に触れる。随分と色褪せているが、音は美しい。澄んだ響きが、月麗の耳に染みる。

「うれしい」

月麗はぎゅっと猫を抱き締めた。猫は甘えた声で鳴きそれに応える。

「そうだ！　見せたいものがあるの！」

月麗は猫をその場に降ろし、棚に向かった。

「ほら見て。閔姉さんが作ってくれた鞄だよ。覚えてる？　すっごい手先が器用で、ひとりでに動いてもふ猫ちゃんに餌をやる道具とか作ってた人。鈴を首輪にしてくれたのも、閔姉さんだったなあ」

鞄を眺めながら、もふ猫は楽しそうに鳴いた。月麗の言葉が分かっているかのようだ。

「道具も、お師匠様のを使っているんだ」

鞄に手を入れ、それから月麗は肩を落とした。

「知らないよね。お師匠様、亡くなったんだ」

猫が、哀しそうな顔をする。喉を鳴らすのもやめ、「なぁ」と哀しそうに鳴く。

「それからね、ずっと一人で旅をしてたんだよ。占筮者として」

——月麗の師は、この乱世を正すことを己の天命とし、弟子に学問を教えていた。占術も、その科目の一つだった。

師とその弟子からなる集団は、師の学問を受け入れる国を探し、旅を続けていた。言わば、学校が移動しているようなものだった。その道中で月麗は拾われ、行動を共にするようになった。

たとえ移動していてもしていなくても、学校で学ぶ者はいつかそこを巣立っていく。兄姉弟子はみな独り立ちするか、師と袂(たもと)を分かつかしていなくなった。もっとも年少だった月麗が最後に残り、師の最期を看取(みと)った後はひとりになった。

師の死を知った兄姉弟子の中には、共に暮らそうと言ってくれる人もいた。結婚相手を世話しようと申し出てくれる人もいた。しかし、月麗はそれをすべて断った。

嫌だったわけではない。本当に嬉(うれ)しかった。嬉しかったからこそ、断ったのだ。師匠に最後まで世話をかけた自分が、更に兄姉弟子のお荷物になりたくはなかったのだ——

足にふさりとしたものが当たり、月麗は我に返った。もふ猫の尻尾である。

もふ猫は、月麗のことを見上げていた。心配してくれているらしい。

「ありがとう」

微笑(ほほえ)むと、月麗はもふ猫を抱き上げた。

「ね、一緒に寝ましょう。昔みたいに」

もふ猫は、喉を鳴らした。いいよ、という意味だろう。月麗はもふ猫に頬ずりすると、寝台へと移動した。そして寝台にもふ猫を置き、自分も隣で横になる。

——昼間の騒動を、麻姑は自分のせいだと深く悔いていた。月麗が、自分が正面から返してしまったからだと言ったら、その前に自分が盾となっていればと首を横に振った。かばってくれたでしょう、と励ましても、麻姑は「自分のせいで」と繰り返した。

北風も、同様だった。麻姑のように、言葉に出すことはしなかった。しかし、内心己を厳しく責めていることは明らかだった。

——誰かの幸せを心から願えることは、幸せなこと。

——その幸せをお裾分けできれば、乱世にも幸せは根付きます。自分から、自分の周りへ。自分の周りから、その周りへ。少しずつ、少しずつ。

師の言葉が、蘇る。師は生涯をかけて、乱世を救おうと取り組み続けた。

「不可能だと分かっていて、しかもそのために身を捧げている人だな」。師は生前、同情とともにそう評されたことがある。しかし、それは誤りだ。師は不可能とは考えていなかった。命が尽きるその時まで、少しずつ変わると確信していた。

師の亡き後、月麗は誓った。師から分けてもらったものを、自分も分けていこうと。師から受け継いだ占筮の術によって、師の遺志を引き継いでいこうと。

「ねえ」

月麗は、もふ猫に話し掛けた。

「今からちょっと変なこと言うけど、聞いてくれる？」

にゃあ、ともふ猫はかすれた声で答える。いいよ、ということだろう。

「――わたしね、この後宮に逃げたお妃の代わりで連れて来られたんだ」

ややあってから、月麗は口を開いた。

「多分後宮にはわたしの知らない掟があって、そしてそれは怖いものなんだと思う」

固まったものの筋道だってはいなかった思いを、話しながら言葉へと整理していく。

「怖いっていうか、危ないのかかな。侍女の人たちは詳しいところを教えてくれないし。陛下も、色々あるみたいだし」

喰らわれるかもしれない、という話はさすがにしない。もふ猫を怖がらせたくはない。

もふ猫は、そんな月麗の内心を知ってか知らずか、じっと見つめてくる。

「でもね、陛下は優しいと思うんだ。そんなに沢山話したわけではないし、何考えてるかもよく分からないから、わたしの想像なんだけど」

もふ猫は尻尾をぱたぱたさせるのをやめた。なあ、と鳴いて月麗の手をにぎにぎする。

「別に、本当に皇后を目指そうっていうんじゃないの。わたしはお妃様って柄じゃないし、そもそも帝は格好いいし釣り合わない――きゃ！　何なの！」

もふ猫は立ち上がると、月麗の顔を尻尾でぴしぴし叩いてきた。これは確か、怒っている時の態度だ。まったく、何が気に入らないというのか。

「とにかくね、皇后を目指すぞー、おー。みたいなのじゃなくて」

ばしばし叩きつけられる尻尾を防ごうとしながら、月麗は説明する。

「元気づけたいな、と思った誰かのために、何かできないかなって思ったの」

もふ猫は尻尾攻撃を止め、考えるような様子を見せた。

「わたしが占いをやってるのはね、出会った人に幸せでいてほしいからなの。誰かを助けることは、すごく難しい。不幸も、哀しみもそれぞれの形があるから。この世にわたしは一人だけで、わたし一人にできることはすごく限られてる」

そんなもふ猫に、月麗は語る。

「でも、幸せになってほしいと思って占うとね、不思議と少しだけ力になることができるの。――占いって、最終的には割と普通の話になるんだよね。何か神仙の術みたいな奇跡で、悩みを解決するわけじゃない。今できる、一番普通の答えが見つかるものなの」

普段あまり口にはしない、占筮者としての月麗の最も根っこに近い部分の話だ。

「それって、相手が幸せになる手がかりなんだ。心を込めてそれを渡したら、相手は幸せへの第一歩を踏み出せる。そういう姿を見ると、わたし占筮やっててよかったなあって思うんだ」

誰かの幸せを心から願えることは、幸せなこと。そんな師の言葉を月麗なりに受け止めた、その答えがこれだ。自分の周りから、少しずつ。手がかりを渡すことで、少しずつ。

「すごく限られてるけど、わたしにもできることがある。それが、占筮。だから、占い大臣って結構向いてるのかなって思ったりもするんだよね。お妃よりも」

もふ猫は尻尾ばしばしを再開しようとし、考える素振りを見せてからやめ、やめてからまた考え、結局ばしばししてきたのだった。

元寧殿の入り口には、常に門番が立っている。宦官が、交代で休みなくその役を務めている。最近宮城内で不審な出来事が起こっているため、一名から二名に増やされた。

門番は毛玉の体を鋼の鎧で包み、自らの背丈よりも遥かに長い槍を握り、不審な者が元寧殿に近づかぬよう目を光らせている。

夜の闇に紛れるようにして、一匹の毛の長い猫が現れた。音もなく走り、宦官が焚くかがり火の死角に紛れるようにして元寧殿の中へ滑り込む。

元寧殿の中でもまた、宦官が二名ずつ組を作って見回っている。猫は気配を殺し、元寧殿の回廊を駆け抜ける。ふわふわとした体からは想像もつかないような俊敏さである。

やがてもふ猫は、とある部屋の中に入った。帝が夜に休む一室だ。

部屋の床に座ると、もふ猫は黄金の光を放ち、人の姿に戻った。誰あらん郌境帝・洪封である。長い毛皮の代わりに紫の袍を身につけ、床に片膝を突いている。

封はやがて、その場に片膝どころか両膝を突いた。ほとんど叩頭（こうとう）するような、おおよそ一境の帝にはあり得ない姿勢で、床の様子を子細に調べ始める。

「明世（めいせい）では、謎解きを売り物にして金を稼ぐ芸人がいると言います」

風雅さを感じさせる声を響かせながら、門下侍郎（もんかじろう）の欧陽龍（おうようりゅう）が部屋に現れた。相変わらず、帝に対する諸々（もろもろ）の礼儀を大幅に省いている。

「それにならって、陛下が何をなさっているか当てて御覧に入れましょう」

その整った面立ちには、悪戯（いたずら）っぽい笑みが浮かんでいた。

「境世では門下侍郎が謎を商うわけか。まあよい。勝手にしろ」

顔も上げず、封は答えた。

「陛下は建前上胡仙妃に会いに行けないが、どうしても会いたかったので猫の姿で会いに行かれた。そうですね？」

「うむ」

顔も上げず、封は認めた。

「そうしているのは、猫の毛が残っていないか確認するためですね」

「うむ」

「お忍びで出かけられたことが明るみに出ると、陛下ご自身よりも気づかなかった宦官が責を問われますからね。最近何かときな臭いこともあって、厳しく言われるはず」

不審な者が、夜間に後宮や宮城を徘徊しているという報告がある。宮城内では、夜間の外出が禁止されている。それを破ってまで出歩くということは、何かよからぬ目的がある可能性が高い。重大性を踏まえ、封は高官の間でのみこの件を共有していた。

「他境の間諜か、あるいは各宮が侍女に他宮の動向を探らせてでもいるのか」

「うむ」

封は立ち上がった。毛は見つからなかったようだ。

「謎ですねえ。まあ、そちらの謎は職務外なので他の人に任せましょう」

「そもそも謎解きは門下侍郎の職務ではない」

「ふむう。しかし、皇后候補に突然最有力者が登場しましたね。わたしとしては白仙妃に目があるとみていましたが、改めて分析し直さねば」

境帝の指摘をふむうの一言で流すと、龍は腕を組んで何やら考え始める。

「何か、予想することを楽しんでいる気配があるな」

封が、龍をじっと見る。

「皇后が誰になるか賭けたりしていないだろうな。賭博は許さんぞ。道徳を紊乱する」

「やれやれ。紊乱ときましたか。相変わらずの堅物さ加減ですね」

龍は呆れた目をする。

「邽境からあらゆる賭け事を追放しようというのではない。『賭け事で楽に金を稼ごう』

という姿勢は望ましくない——そんな価値観を行き渡らせることが、目的なのだ」

　封は真摯な口調で語る。

「『楽に金を稼ぎたい』という考え方がはびこれば、やがて『できるだけ楽をして、できるだけ大金を稼げばそれでよい』という形に至るだろう。そんな世の中に進歩や発展はない。あるのは停滞と衰微だ」

「やれやれ。どこの世界に、妃の宮から戻るなり世の倫理を熱弁する帝がいるのですか」

「この邦境におる」

「やれやれ。——時に、胡仙妃とのお時間はいかがでしたか？」

　大袈裟(おおげさ)に溜め息(ためいき)をついて見せてから、龍は話題を変える。

「胡仙妃が、他者の幸せを心から願える女性だと改めて知ることができた。よい時間だった。ただ、納得のいかぬところもあった」

　封が、目を落とす。

「胡仙妃は鈴に気づいた。そして、俺が人の姿で訪れた時にも鈴の音を聞いているはずだ。だというのに、俺の正体に気づく様子はなかった」

　ちり、と。袍の袖の下で、鈴が鳴る。封は手首に鈴を巻いている。境帝ではない、ただの封として過ごす時間には、いつでも鈴を身につけているのだ。

「辻褄(つじつま)が合うよう作られた謎解きは、分かりやすい芸として大衆を喜ばせます。それは、現実が複雑だからなのですよ」

龍が言う。

「現実とは理に適わないものです。通らぬ筋が通り、通るべき道理が通らない。誰かにとっては火を見るより明らかなことが、他の誰かにとってはさっぱり解けない難問になる」

「――なるほど」

しばし龍の言葉を咀嚼してから、封は頷いた。

「胡仙妃からすると、俺ともふ猫があまりにかけ離れすぎていて一つには結びつかぬか」

龍の言葉に、封は得心が行った様子で頷いた。

「そういうことです。たとえばわたしはこの通り目元涼やかで将来を嘱望される俊才ですが、変装しなくても市を歩き酒楼で民と酒を酌み交わせます。誰も気づきません」

「顔はいいが女癖の悪い男の正体が、上奏文や詔勅を取り扱う門下省の副官だなどとは誰も思わぬのだろう。どう考えても不適格だ」

そう言ってから、封は腕を組んだ。

「自分でも不安になってきた。政を改めるための第一手がお前の起用で、果たして本当によかったのだろうか。今からでも首をすげ替えるべきなのかもしれぬ」

「門下侍郎は結構な高官です。ほいほいとすげ替えては、政に混乱を招きましょうな」

「手遅れか。覆した水が盆に返ることはないのだな」

「言葉は正しくお使いなされ。それは取り返しがつかない失敗をした時に使う言葉です」

「正しく使っているつもりだ」

「優秀な者を抜擢することが、どうして取り返しのつかない失敗なものですか」

「ではその優秀さを証明して見せろ」

　封は龍を見据えた。

「俺はより強く胡仙妃に興味を持った。どうすればよいか、献策せよ」

　要するに、好きな女性と親しくしたいから助言してくれということである。古今東西友達の間でいくらでも交わされてきた話を、封は国家の存亡がかかっているかのような顔で相談する。

「はいはい、かしこまりました。——胡仙妃は、『争花叡覧』についてどのように？」

　龍が訊ねる。その表情は、少しばかり真剣なものだ。

「そもそも知らんようだ。胡仙宮の侍女たちは、この後宮の決まりをきっちり伝えていない。お前の言った通り、詳しく知ったら逃げ出すかもしれないと懸念してのことだろう」

　そこまで言って、封は目を落とす。

「その判断は間違ってはいないようだ。もし詳しく知られたら、胡仙妃はより本気で俺から逃げだそうとするだろう。想像しただけで、胸が引き裂かれそうになる。これが——これが、切なさという感情なのか。俺は、恋の病を患ってしまったようだ」

恋の病という言葉を聞くなり、龍は腹を抱えて笑い出した。

「どこの世界に、帝の苦悩で大笑いする臣下がいるというのだ」

「この邦境におります」

ひとしきり笑うと、龍は真面目に考えるような顔をした。

「帝の恋患いで滅亡の憂き目に遭ってはたまりせん。真面目に考えましょう。

——臣が以前聞いた話ですが、とある農民が苗が成長するのを助けたく思い、芯の部分を引っ張ったそうです。そうすると、逆に苗は枯れてしまったといいます」

わざとらしく拱手（きょうしゅ）してから、龍は話し始めた。

「無理に物事を進めようとすれば、かえって弊害が大きいもの。じっくり時間をかけて、距離を詰めればよいではありませんか」

「むう。占いの通りでもある」

不満そうにしながらも、封は龍の話に耳を傾ける。

「その間の寂しさは、他の妃で紛らわせばよいわけですし」

封の眉がぴくりと動いた。しかし、龍は構わず話を続ける。

「真っ直ぐ（まっすぐ）すぎる男は、『重い』『子供っぽい』と受けが悪かったりします。色々な女性と楽しく過ごしている男の方が、かえって『余裕がある』『器が大きい』と思われちやほやされるものですよ」

「気が進まぬ」

　ふいっ、と封はそっぽを向いた。

「妃はみな美しく、優れた才を持ち、陛下を慕っております。望むがままの伽をさせればよろしいではないですか」

「そういうことではない」

　そっぽを向いたまま、封は再び龍の提案をはねつけた。

「時間がかけられぬなら、胡仙妃のことを力ずくでものになさいませ。陛下はこの地を治める境帝。白いものも、貴方が黒いといえば黒くなります。妃の心も、また然り」

「胡仙妃はものではない。お前は俺に暴君になれというのか」

　封は、龍を睨みつけた。第二案は、更に意に沿わないものだったようだ。

「帝は、己の国において何者にも律されることがない。故に、己で己を律せねばならぬ」

「自律云々の話ではありません。どうしても一途さでしか迫れぬなら、『後の世から何と言われようと構わない』と言い放つくらいの気概がほしいということです」

「ううむ」

　封は何か言い返そうとして、できなかった。納得させられてしまったらしい。

「ただし本当に暴君と化したりはされませぬよう。民草の心が離れれば、陛下は帝としての資格を失います。さすれば、私は陛下を廃し奉らねばなりません」

そう言ってから、龍もまた考え込む素振りを見せる。

「欧陽龍、字を元雲。仁を損ない徳に逆らいし賊徒洪封を誅し、然る後天命を拝す——いい響きですね。どうやれば成し遂げられましょうか」

「おい。臣下が主君の目の前で簒奪を企てるな」

「万一の時には天命に順いて民心に応ずる、という思いで日々政に取り組んでいるということです。心構えの問題です」

「順いてだ応ずるだと、言い回しがさりげなく厳かだな。お前、さっきから史書に名を残す前提で話していないか。本当に門下侍郎から降ろした方がいいような気がしてきた」

「ハハハ」

「何がハハハだ。俺には心を許せる者がひとりも居らんようだ」

「とんでもございません。不肖この欧陽龍、常に命がけで陛下の為に進言しております」

「身命を擲って諫言した結果が、暴君のように女を口説けということか」

「心構えの問題です」

そんな龍の言葉に、封は目を落とす。

「——心構えか。確かに、足りておらぬかもしれぬ」

やがて、そう述懐する。龍はにやにや笑ったのだった。

第三占　狐の尻尾は水に濡れ

その股と肱を割き、以て豺狼に喰らわすが如し。


「あの、あの」

月麗は、歩きながら泣きそうな声を出した。身に纏っているのは、優雅な衫や裙。頭の上には、竹簡が山と積まれている。――ここまでは、昨日までと同じだ。

「どうして、こんなこと、を？」

違うのは、脚である。両脚の膝と膝を、布で結ばれているのだ。きっちりと揃えて括られているのではなく、ある程度の長さはあるのだが、ある程度でしかない。月麗の感覚で普通に歩こうとしたら、すぐに突っ張って転びそうになってしまう。

「胡仙妃様におかれましては、これまでの人生を大股でずかずか歩んでこられたとの由。歩幅を小さくと言われても、中々難しいはず。よって、僭越ながらこの蘇輔仙が分かりやすくして差し上げました次第です」

北風が言った。叩頭で出血した額はすっかり治っていて、傷痕一つ残っていない。元々傷が浅かったのか、それとも人間でないだけあって傷の治りが早いのか。

「だからって、ここまでしなくても――あっ！」

月麗はけつまずいた。普段なら転ぶほどのこともない程度のけつまずき方だったのだが、何しろ膝が括られている状態では体勢一つ立て直せない。

「いたぁ」

月麗は転んだ。竹簡ががらがらと音を立てて床に落ち、辺りに散らばってしまう。

「やれやれ。これでは、いつになることやら」

北風が、溜め息をこぼす。そんなこと言われても、とふて腐れつつ月麗は竹簡を拾う。

「ふむ？」

そして、書いてある文字に目を留めた。相当に古い代物だが、字はまだ読める。

「蠢山(しゅんざん)、草あり。その状は葵(あおい)の如し。食らえば苦辛あり。名付けて杜述(とじゅつ)なり。へえ」

植物について書かれているようだ。

「猪久(ちょきゅう)の野、木あり。その実は棗(なつめ)の如し。実、毒あり。食らえば腫(はれもの)を患う。ほう」

他のものには、毒について書かれている。

「竹簡を読み上げなさいませ、と申し上げてはおりませんが」

北風が近づいてきて、お小言つきで拾うのを手伝ってくれる。

「いやあ、でも面白くて。全然知らないことばかりで」

草も場所も聞いたことのないものばかりだが、それだけに好奇心が刺激されてしまう。

「これらの竹簡は、どういうものなんですか？」

「胡仙の文庫に所蔵されている、典籍です」

拾う手を止めて、北風が説明してくれる。

「植物や毒について侍女たちで学ぶために、持ち出して参りました」

「ははあ。それでわたしの頭に載せられるのが竹簡だったんですね」

この境世（きょうせい）にも紙がある。ならば本もあるはずだ。本があるなら、そちらを頭に載せればいいはずである。だというのになぜわざわざ竹簡なのだと不思議に思っていたのだが、なるほど毒の勉強のために持ち出したものを流用していたらしい。——毒の勉強？

「あの、宮仕えの侍女が毒について勉強する必要が？　何のために？」

不安を感じながら、月麗はそう訊ねた。後宮と毒は、悪い意味で相性がいい。後宮の闇が月麗に襲いかかってくるみたいな事態が、起こりうるのだろうか。

「お食事をお出しする時に、万が一にも過ちのないようにです。狐が食べられても人間が食べられないもの、人間が食べられても狐が食べられないもの。色々とありましょう」

「なるほど、そういうことなんですね」

納得のいく話だ。安心して、月麗は再び竹簡の文字を追い始める。

「蚕（かいこ）、桑の葉を食らう。その外の虫、食らわず。——ふむふむ。桑の葉って虫には毒なんですね。それで他の虫は食べないのに、蚕だけは食べると。それって元から桑の葉を食べても死なない体だったのか、それとも桑の葉を独占すべく長い時間をかけて死なない体になったのか？　あー、面白い考え方！　どうなんでしょうね」

「おそれながら申し上げます。胡仙妃は、毒についても蚕についても学ばれる必要はございません。小股で歩けるようにおなりくださいませ」

月麗の質問に、北風は呆れたような顔を見せてきた。

「師に言われたんです。必要に応じて学ぶのではなく、学ぶことそれ自体が必要だって」

何にでも興味を示す月麗を、師はそう言って励ましてくれたものだ。

——学ぶことは、人をその人自身にします。学ぶことによって、自分はこうでなければならないという枷を、解けるようになります。学ぶことによって、自分はこうでしかないという軛を、外せるようになります。

「学ぶことによって、己の思いと志に基づいて、己の振る舞いを決められるようになります」

今でも、月麗は師の言葉を暗唱することができる。

「そう、ですか」

北風は、否とも応とも言わなかった。ただ、何か考えている様子だった。

「まあ、覚えるだけでは意味がないのですけれどね。『ただ学ぶだけで何も考えようとしなければ、お先真っ暗ですよ』とも師は言ってました」

そんな月麗の言葉に、なるほどと北風は頷いた。

「では毒についてよく学ばれ、他の妃を密かに葬り去る妙薬を編み出されますよう」

「え、えええ？　そんな殺伐とした学問、わたしは究めたくないのですけど」

「皇后の座を逃されれば、貴方はお先真っ暗なのですよ？」

北風は、月麗の言葉を速やかに応用して投げ返してくる。当意即妙のいけずだ。

「もー。姐姐ったら意地悪」

月麗はむくれる。北風は北風で、眉間に皺を寄せた。

「姐姐ではありません。麻姑の真似をなさって。わたしのことは輔仙とお呼びください」

そう言ってから、僅かながらに苦笑する。細められた目と険しい言葉に覆われた普段の北風の隙間から、まったく違う横顔がちらりと見えたような気がする。

「大変、大変です姐姐！」

突然、話題の主であるところの麻姑が現れた。随分と慌てふためいている。

「わたしのことは輔仙と呼べ。まったく、誰も彼もどうして姐姐と呼ぶのだ」

「姐姐、聞いてください」

北風の言葉も聞こえていない様子で、麻姑はばたばた走り寄ってくる。

「瓏施殿にて、妃を集めた宴が開かれます。陛下の叡慮による、賜宴とのことです」

胡仙宮は蜂の巣をつついたような騒ぎになった。いるのは蜂ではなく狐の妖怪だが。

「今日の日時と歳支に相応しい色合いを、胡仙妃に相応しい形で彩るのです」

「食べ物の風味を邪魔せず、なおかつ人と気づかせないほどの香りを調香します」

「娘娘をお運びする檐子の手入れは万全ですか？　他宮に見劣りしてはなりませんよ」

「あ、あの」

その騒ぎの中心に、月麗はいた。突然のことに、戸惑うばかりである。

「どうか、今しばしお口を閉じてくださいませ」

凄まじい勢いで月麗の顔に化粧を施しながら、北風が言う。

「もう少し、もう少し――よし」

北風が頷いて離れる。すかさず鏡を持った麻姑が月麗の前に立ち、顔を映してくれる。

「素敵」

月麗は息を呑む。普段よりも華やかな粧いだ。といっても、輿入れの時の絢爛たるものとはまた違う。今度の宴は昼食と茶を楽しむ催しらしいのだが、それに合わせた派手すぎない雰囲気になっている。

「それでは、しばしそこでお待ちくださいませ。宴はもう始まっているものとお考えの上で、妃としての振る舞いを心がけなさいますよう」

そう言い残すと、北風は月麗の前から立ち去った。

化粧も済んで、ようやく顔が動かせるようになった。月麗は、周囲を見回す。ここは、いつも月麗が寝起きしている部屋である。

この部屋や他の部屋をいくつも使い、侍女たちは宴に参加する準備を大急ぎで整えていた。何でもただ行ってお茶をして帰るだけではないらしく、あれこれ準備が必要らしい。詳しいところは相変わらず「のちのち教えます」の一言で済まされよく分からない。

立ち働いていた侍女の一人が、月麗の近くで手巾を落とした。色とりどりの花が刺繍された、可愛らしいものだ。しかし、それにも気づかず歩き去って行く。

「あ、落としましたよ」

早速拾って、後を追う。こんな素敵な手巾をなくしたら、きっと哀しい気持ちになってしまうだろう。

「すいません！　ありがとうございます！」

手巾を手渡された侍女は、びっくり仰天した様子で恐縮してしまう。

「そんなそんな。みんなわたしのために急いで準備してくれてるのですし――」

「胡仙妃」

去ったはずの北風が、あっという間に戻ってきた。

「先程までのわたしの言葉をお聞きでしたか？　今すぐ復唱なさいませ」

「『もう少し、もう少し――』」

「それよりも後です」

「『それでは、しばしそこでお待ち――』」

「その次です」

「――ごめんなさい」

謝れとは言っていないが、と言わんばかりに北風は目を細める。

「妃が落とされたものを我々が拾って差し上げることがあっても、その逆はありません。――さあ、お前はもう行ってよい」

手巾を握りしめて直立していた侍女に、北風はそう命じる。慌てて侍女は離れていく。

「よろしいですか？　行住坐臥(ぎょうじゅうざが)、日々の行いに妃らしさというものは滲(にじ)み出るものです」

指を立て目を閉じ、北風は諄々(じゅんじゅん)とあるべき妃の姿について説く。

「はい、でもちょっと待ってくださいね。今荷物を取りに行ってますので」

棚の近くで、月麗はそう返事をした。

「胡仙妃！」

北風の怒声に首をすくめながら、月麗は棚から鞄(かばん)を取る。占い道具や、他に用意しておいたあれこれが入っているものだ。

「うーん、さすがにこの鞄ではちょっと宴には難しいかなあ」

北風の元に戻って、月麗は呟く。占い道具を持っていく必要があるらしい。何せ、陛下が月麗を一番気に入っている点は占いだからだ。しかし、この鞄では無理かもしれない。

「新しいものを用意させます。必要なものを、出しておかれますよう」

「はーい」

月麗は、机に鞄の中身を並べていく。筮竹、筮筒、算木、そして沢山の札。

「――その札は、一体？」

札を見るなり、北風が不審そうに訊ねてきた。札の表面には、普通の文字とは違う字体で文字が書き付けてある。

「道術の呪符です。護身用に、妖怪祓いのものを作りました」

道術。それは、道学と呼ばれる教えを修めた道士が使う神仙の術法である。以前旅で道士と同道し、その時に基本的な呪符の作り方を教えてもらったのだ。

「呪語を唱えながら、えいっと投げつけます」

悪い妖怪に当たったら、やはり爆発したり吹っ飛んだりするのだろうか。怪異を祓う道術妃誕生である。やだ格好いい。

「へえ、すごいですね」

麻姑が何の気なしに札を手に取り、

「んぎゃあ！」

次の瞬間投げ捨てた。札が飛んできた辺りにいた侍女たちも、血相を変えて飛び退く。

「ど、どうしたんですか？」

月麗はおろおろする。何か、不快にさせてしまうものがあったのだろうか。

「道士も、道士の用いる道具も、我々妖怪にとってまさに天敵。頭で考えるより前に、体が強く拒絶します」

北風が札を拾う。さすがにいい気はしないのか、鼻に皺が寄っている。珍しい表情だ。

「なるほど」

北風の言うことには、納得がいく。道士は、妖怪変化の類が為す災いに対処する専門家だ。妖怪側からすれば、相容れない存在なのだろう。

「わたし、札を見るのは初めてで。うっかり触っちゃいました」

麻姑は半泣きになっている。

「拾って分かりましたが、確かに効果があります。護身のために持たれることは構いません。しかし無闇に使われませぬよう。道術妃などと悪評を立てられますよ」

札を机の上に置きながら、北風が言う。道術妃、格好いいと思うんだけどなあ。こう、指でびしっと札を挟んで投げたりして。

「お札まで作れるなんて、凄いですね」

　麻姑が、そう褒めてきた。目がキラキラしている。すごく尊敬されてしまっているようだ。びしっと札を挟んでみようかなと思いつつ、北風に叱られそうなので止めておく。

「いえ、そんなことないです」

　代わりに、月麗は首を横に振った。これは謙遜ではない。呪符というのは、形通りに書き写すだけでそれなりに効果を発揮するのだ。明世では、文字が読めない庶民も見様見真似で呪符を作っては魔除けにしていたものである。

「凄いですよ！　占いもできて、字はお綺麗で。憧れちゃいます」

「高い身分に生まれたわけではないので、色々できちゃうしやっちゃうんですよね」

「そういう細々したことではなく、妃たるに相応しい行いをお願いしたく思います」

　北風が指を立てる。今度は目を閉じない。どこかへ行くのは許さない、ということだろう。

「我々は一人一人が器物のようなものです。それぞれに得意なものがあり、それぞれに専門とする領分がございます。妃にはその器物を使いこなして頂きたいのです」

「うー、難しいです」

　月麗は困ってしまう。自分のことは自分でやってきた。急に全部やってもらおうとしても、難しい。厠には自分で歩いて行きたいし、自分の鞄くらい自分で取りにいきたい。

「泣き言を仰いますな。次の宴は、実地でその練習を行うとお心得くださいませ。まずはわたしという器を使いこなされますよう」

そう言うと、北風は拱手して見せてくる。

「万事わたしにお任せを。誓ってお役に立って御覧に入れます」

気負うでもなく、意気込むでもなく。いたって普通に、朝のお茶でも淹れるかのように、北風はそう言ってのけた。

「陛下の億歳を寿ぎ、またその仁慈の御徳に深甚の感謝を奉ります」

北風の言葉は、真実だった。

「胡仙妃におかれましては、未だお輿入れから日も浅く、陛下のご威光を前にすると甚だ畏まってしまわれるとのこと。故に、わたくしめの口より申し上げた次第でございます」

右も左も分からない月麗の代わりに、北風は堂々と儀礼をこなす。——だけではない。

「にこにこしすぎず、顔は袖で隠すくらいのおつもりで。畏まっていると表すのです」

「ただし、おいしそうに、また楽しそうにお食事なさいませ。陛下は行儀をお気になさいません」

椅子に座った月麗の後ろに立ち、小声で万事に指示を出してくれる。口がほとんど動いていらしく、他の参加者たちから怪訝がられることもない。心強いことこの上ない。

月麗は目の前の羹に匙を入れてすくうと、ぱくりと口に入れた。

「――おいしい」

甚だ畏まって喋れないという設定なのに、声が出てしまった。

必ずしも、こってりと濃い味がするわけではない。汁は澄んでいるし、肉も油も使われていないだろう。煮込まれた葉物の野菜が浮かんでいるだけだ。しかし不思議と香ばしく、繊細な風味が感じられる。

視線を感じて顔を上げると、向かいに座っている帝と目が合った。月麗が羹をおいしがっている様子を、観察していたようだ。

「これは碧澗羹という」

機嫌を損ねたかと月麗が狼狽えていると、帝は口を開いた。

「近くの山で採れる野菜をしっかり煮込んだものだ。野菜から滲み出た味わいと香ばしさを、透き通った碧の澗水――谷間を流れるせせらぎになぞらえた名である」

そう言うと、帝は自分でも羹を口にする。

「この境世ではよく知られた料理であり、いちいち説明することもないのだがな」

帝が付け加えた言葉に、月麗はひやりとする。危うく、「初めて知りました。風流な名前ですね」などと返すところだった。本当に、どこに落とし穴が開いているやら。

改めて、月麗は周囲を見回す。月麗を合わせて四人が、円卓を囲んでいる。

「おいしゅうございます～」

月麗の右側にいるのは、灰仙妃だ。着ている服は、相変わらず彩り豊かである。両手で大きな焼餅を持って、はぐはぐと食べている。昨日喧嘩を売り買いした仲なのにこんなことを言うのも何なのだが、可愛らしい。

灰仙妃の後ろには、一人の侍女が立っていた。昨日会ったのとは、また別の侍女だ。つぶらな瞳に、北風を思わせる威厳が漂う。おそらく、彼女が灰仙宮の輔仙だろう。

一方で、昨日の侍女たちと相通じる部分もある。一つは銀灰色の服。そしてもう一つは、その手に握られた刀子だ。袖の中に隠すこともせず、見えるように手にしている。最初は隙あらばぶち殺す的な威嚇なのかと思ったが、どうもそういう感じでもないらしい。

「灰仙妃は、いつも子供のように元気ですね」

月麗の左側にいる女性が、そう言った。ぱっちりした瞳は魅力的で、一方揺るがない意志の強さも感じさせる。

服装は、黄色を主調としたもの。灰仙妃は可愛さを主眼に置いているが、彼女は鋭敏な知性が滲み出るような形に仕上げていた。

長く伸ばした髪は、先端で一つにまとめている。優雅さと共に、しなやかさを前面に押し出した雰囲気がある。

「妃が子供のように元気なことにどれだけの意味があるか、わたしには分かりませんが」

女性——黄仙妃はそう言うと、両手で茶器を手に取った。そっと持ち上げ、注がれていた茶を喫する。実に美しい所作である。

「意味？　陛下が褒めてくれるもんね。嫌み言いながらお茶すすって褒めてもらったことある？」

灰仙妃が、遠回しな皮肉に最短距離で反撃した。黄仙妃は、顔色一つ変えない。

むしろ、黄仙妃の後ろに立つ侍女がおろおろした様子を見せた。服の色も髪形も同じだが、雰囲気は大分違う。そばかすが目立ち、何とも純朴そうだ。すらりと背が高くもある彼女は、華やかな房のついた槍——花槍を持している。

黄仙妃が、彼女をちらりと振り返った。帝からは見えない角度で、険しい視線を突き刺す。槍を持った侍女は、泣きそうな顔で背筋を伸ばした。気の毒で仕方ない。

ちなみにいちいち触れてこなかったが、月麗の後ろにいる北風もしっかり棍を持っている。侍女が全員武装しているのだ。この物騒さは何なのだろう。

「もっと、肩の力を抜いて宴を開きたいものだが」

帝が、おもむろに口を開いた。

「侍女が武器を携えて控えているというのは物々しすぎる。古臭いしきたりには、困ったものだな」

昔から、こうだったということらしい。かつては、お茶会に集まった妃や侍女たちが途中から血で血を洗う死闘を繰り広げていたのだろうか。考えたくもない。

「あらあら」

笑いを含んだ声色で、黄仙妃が言う。

「これも大切な伝統ではございませんか」

古臭いしきたり、という言葉をさりげなく言い換えながら、間接的に釘を刺す。

「尊貴な血筋の境帝陛下がそのような戯れを口にされると、下々が不安になります。上に立たれるお方には、巌の如く揺るぎなく、たくましくあってほしいものです」

帝の発言をさりげなく戯れということにしながら、やんわり苦言を呈する。

正直、圧倒されてしまった。一から十まで北風に振り付けてもらっている月麗とは、役者が違う。

「明世は乱れながらも、少しずつ新しい形へと変化しているという。そうして変わり続けることも、大事なのではないか」

帝は、気分を損ねた様子もなく黄仙妃の言葉を受け止めた。

「ゆらゆらと、頼りなくなろうというのではない。変わらずこの邽境を守るために、変えるべきを変えたいのだ」

他者の言葉に耳を傾ける。そして議論を避けず、言葉を尽くし自分の考えを説明する。

「古臭いしきたり、という言葉は確かによくなかった。それを大切にしている者の思いを軽んじる発言であった。諫めの言葉、感謝する」

そして、反省するべき点は反省する。月麗は、偉いなあと感心させられた。

「お言葉、しかと拝聴しました」

そう言うと、黄仙妃は丁寧な拱手を捧げた。

「わたくしのような女子供の言葉など、わざわざ真剣に受け止められずともよろしいのです。わたくしは陛下の妃、陛下のものにございますれば」

後半部分の言葉選びが、少々際どい。声色の響かせ方も意味深だ。それを黄仙妃のように魅力的な女性がやるのだから、誘惑に弱い男性ならたちどころに参ってしまうだろう。

「肩の力を抜いて、と言いつつ、小難しい話をしてしまったな。許せ」

しかし帝は表情一つ変えずそう言うと、自分の羹を口に運んだ。気づいているのか、いないのか。何となく後者な気もする。

「仰る通りです。わたしにも分かる話をしてくださいまし」

灰仙妃がぶーぶー言った。足をぱたぱたさせているようだ。

「はは、そうだな。折角の宴だ。楽しく過ごそう」

帝が笑みを見せる。美しい顔で美しく笑っているのだから、見とれずにはいられない。

それは勿論月麗だけではない。灰仙妃は両手を頬に当てるという実に分かりやすい反応を返し、黄仙妃も小首を傾げて彼を見つめる。

　そのまま食事は進み、滞りなく終わった。やれやれ何とかなりそうだと肩の荷を半分下ろした気持ちでいると、帝が月麗の方を見てきた。

「時に、胡仙妃。占筮の道具を持ってきているか？」

　そして、そんなことを訊ねてくる。はい、と答えかけて、月麗はぴきりと固まった。

　灰仙妃の目つきが厳しい。目で誰かを殺せるなら今殺したい、と言わんばかりの眼差しを月麗に突き刺している。まさに殺気溢れる感じだ。

　黄仙妃の瞳も同様だ。目で誰かを凍てつかせることはできないけれど成し遂げてみせる、と言わんばかりの視線を月麗に投げかけている。実に冷淡この上ない感じだ。

「持ってきていなかったか。まあ、持ち歩くには少々かさばりそうなものであるが」

　帝が、残念そうに言う。北風が、椅子の背中を小さく叩いてきた。やれと急かしているようだ。

「い、いえ！　確かに持って参っております！」

「善哉」

　月麗の答えを聞くと、帝はほんの僅かだけ嬉しそうに口元を緩めた。灰仙妃と黄仙妃は、ほんの僅かどころではなく嬉しくなさそうだ。

「入神の技、他の妃たちにも見せてやってくれ」

　そして、帝はそう付け加える。月麗と月麗の占筮を尊重してくれている。それはとても嬉しい。しかし当然のことながら、他の妃たちの態度は更に硬化してしまう。

「すごーい。超すごーい」

「陛下がここまで仰るのですから、きっと見事に未来を言い当てられるのでしょう。もしそうでなかったら、恥を晒すどころの話ではございませんし？」

　灰仙妃と黄仙妃が、冷淡さと殺気とを綺麗に交換した。息がぴったりだ。

「――分かりました。微力ながら、全力を尽くします」

　お妃とかやっぱり無理だ、なんて思いながら、月麗は椅子の脇に置いておいた袋を取る。北風が用意してくれた、見た目も質も上等なものだ。

「そうだ、紙と筆もいるのだったな。誰かある。筆記するもの一式を準備せよ」

「こちらに用意してございます」

　宦官たちが入ってきた。それぞれ硯やら筆やらを盆のようなものに載せてぽてぽて運び込んでくる。相変わらずの可愛らしさに癒やされつつ、月麗は筆記用具を並べていく。

「さあ、何を占いましょうか」

　一通り準備できたところで、帝や他の妃を見回して訊ねる。

「陛下の御心について、占って頂くのはどうでしょう。摑むのは、どの妃かと」

　黄仙妃が、そう提案してきた。目も口元も笑っているが、芯の部分が真顔である。

「いかがでしょう、灰仙妃。座興の出し物としては面白いのではなくて？」

さりげなく出し物扱いにまで引きずり降ろしながら、黄仙妃は灰仙妃に訊ねる。

「いいんじゃない。どうでも」

灰仙妃が答える。こちらは、目も口元もその他どの部分も一切笑っていない。

黄仙妃の意図は明白だ。自分たちの見ているところで占わせ、おかしいところがあれば丁寧かつこっぴどくこき下ろすつもりなのだろう。

「分かりました」

月麗はというと、堂々と振る舞ってみせた。はったりではない。

占筮の道具が揃えば、ここは占筮者の空間だ。誰を怖れることもない、何を恐がることもない。気負って臨む。座興の出し物程度ではないことを、しっかり見せてやろう。

占事文を唱え、筮竹を捌く。場の空気も、妃の視線も気にならない。占筮の手順をこなし、その先にある未来を導き出す。

──未済、その一。

──小狐、ほとんど渡る。その尾を濡らす。

「さあ、どうだ。見事言い当てることはできるか」

帝の言葉に、月麗は頷いた。

「結果を、記します」

筮竹を筮筒に戻すと、月麗は筆を手に取った。そして、覚悟を決めて書く。

「何それ」

書き上げた文字に目をやると、興味なさそうに灰仙妃が言った。

「未だ、済んではいない。つまり、まだ御心は決まっていらっしゃらないと読みます」

「——ほう？」

帝が小さく呟く。

「子狐が、川をほとんど渡るところまでは行っている。占いはそう告げています」

「あら、『狐』がですか」

黄仙妃が、適当なこと言ってんじゃないぞこいつめ的な笑い方をする。しかし、都合良く言葉を作っているわけではない。占いの語句の中には、動物がしばしば登場する。虎が尻尾を踏まれることもあれば、狐が川で泳ぐこともあるのだ。

「しかし、ほとんど渡ったところで子狐は尾を濡らしてしまいます。狐は尾を立てて水を渡るものなのに、尾を濡らす。これはつまり、失敗を意味します」

月麗は、占いの結果と自分の読み方を包み隠さず述べる。

「その理由は、子狐に力が不足しているからとも語られています。狐がわたしだとするならば、占筮は『胡仙妃には力が足りておらず失敗する』と告げたことになります」

何とも卑屈な言い方ではある。胡仙宮の皆に申し訳ない気もするが、嘘はつけない。

――もしかしたら。これで「自分では皇后にふさわしくないと怖じ気づいたのだろう。恐るるに足らず。無視だ無視」といった流れになるかもしれない。

それはそれで、悪くないような気もしてくる。胡仙妃はお妃大戦争から身を引き、占い大臣としての職務に集中する――そんな姿勢を打ち出すのはどうだろう。そうして新しい立ち位置を築けば、胡仙宮の皆にも面目が立つはずだし、帝にも引き続き喰らわれずに済むだろうしで、むしろいいことずくめではないのか。

「お見事、お見事」

黄仙妃の声が、辺りに響いた。

「わたし、感服してしまいました。占う時の凛とした佇まい、説き明かす時の流れるような語り口。そして、自らに不都合な内容も潔く受け止める誠実さ」

どうしたことか、めっちゃ褒めてくれている。無視されるどころか、逆に一目置かれている感じがする。あれ、あれれ？

「渡りきったと思ったが、尾を濡らしてしまって恥ずかしい目に遭った、か。先だっての諍いのことを言っていたのだな」

　帝の言葉を聞いて、月麗はようやく思い当たった。

　そう言えば、月麗は灰仙妃と揉めたことで「帝が来てくれないの刑」を受けているのだった。「帝に喰らわれないで安心だ。やった」とか思って、すっかり忘れていた。しまったと後悔しても遅い。周囲からすれば、月麗が「今まで帝が来てくれて調子に乗っていた胡仙妃だったけど（子狐がほとんど川を渡る）、灰仙妃と揉めて『帝が来てくれないの刑』を受けることになった（尾を濡らして渡り損ねる）」と語ったように見える。

　要するに、月麗が自分の反省を帝に伝えた形になったのだ。

「やはり胡仙妃の占いは興味深い。また、宮に渡ることとしよう。――そして胡仙妃の元に渡るのだから、灰仙妃の元にもまた渡るとしよう」

　灰仙妃が、がたりと立ち上がる。

「帝の広い御心に、感謝いたします！」

　灰仙妃は帝に拱手し、それから月麗の方を見てくる。

「――胡仙妃にも」

　そして、悔しさを露わにしながらも拱手してきた。

「い、いえ」

　月麗も、椅子から立って礼を返す。

北風の方を振り返る。彼女の顔には、実に満足げな笑みが浮かんでいた。そうじゃないんです。川で溺れるくらいの大失敗なんです――

「危うく『譲種』してしまうところでしたわ」

出し抜けに、黄仙妃がそんなことを言う。途端、周囲に異様な空気が走った。

灰仙妃が、弾かれたように黄仙妃の方を向く。他の面々も驚いた様子を見せ、北風でさえ息を呑んだ。黄仙妃は、何か尋常ならざる言葉を口にしたらしい。

「ですが、いきなりそうされてもお困りでしょうから、わたしからはお茶を淹れて差し上げます。わたしが得意なことと言えば、それくらいですので」

そう言うと、黄仙妃は侍女を振り返った。侍女はびくりとすると、槍を持ち上げた。それから、穂先の反対側で床を二度打つ。

「お持ちいたしました」

ぽてぽてと宦官が現れた。黄仙宮の宦官らしい。

「お茶が入りました」

黄仙妃がそう言った。宦官は、頭の上に盆を捧げ持っている。盆の上には、湯気を立てる茶器が載っていた。

「ありがとうございます」

持ってきてくれた宦官に笑顔を返しつつ、月麗は茶器に手を伸ばす。

「失礼いたします」

　ところが手に取る直前、北風がひったくるようにして横取りした。

「えっ」

　驚く月麗の前で、北風は茶を一息に飲み干す。

「もう、喉が渇いてたんだったら言って下さいよ。そうしたら飲み物を分けてあげたのに。

　そもそも、そんな熱そうなものを一気飲みして――」

　月麗は、皆まで言うことができなかった。北風が、その場に倒れ込んだのだ。

「輔仙（ほせん）？　輔仙！」

　月麗は、椅子から降りて北風の隣に膝を突いた。

「どうしたの、大丈夫？」

　北風は、倒れたまま立ち上がれない様子だった。目は虚（うつ）ろで、呼吸も浅い。

「一体、何をしたんですか！」

　月麗は、黄仙妃を睨（にら）みつける。

「季莘（きしん）という草から取れる毒を、お茶に加えました」

　黄仙妃が、自身の茶を口にしながら言った。毒。禍々（まがまが）しい言葉に、血の気が引く。

「ご心配には、及びません」

　ほんの僅かに手を動かし、北風は月麗の袖を引いてくる。

「この薄さなら、命までは」

月麗の脳裏に、竹簡の山が蘇った。北風は月麗に間違って毒のあるものを食べさせないように——といった話をしたが、やはりそれだけではなかった。月麗が毒を盛られた時に備えて、毒について学んでいたのだ。

「ええ。命を落とすことはありませんし、しばらくすると快復しますよ」

そう言うと、黄仙妃はくすくすと笑う。

「とても素晴らしいお妃ですから、その侍女——胡仙宮の輔仙ですか？　彼女がそれに相応しいかどうか試して差し上げようと思いまして。毒に気づいたようで、及第です」

声色だけなら、親切なお妃だ。

「捨てたりしなかったところも、見事でした。薄めた季莘は、冷えるとすぐに失われます。毒の痕跡は残らず、代わりに『他宮の妃が差し出した茶を疑って捨てた』という事実だけが残ってしまうところでした」

しかし、勿論真意は別にあるだろう。

「というわけで。胡仙妃、今後とも仲良くしてくださいね」

黄仙妃は、月麗を明確に敵と認識した。そう、告げてきたに違いない。

「黄仙妃。俺の眼前で狼藉に及ぶか」

帝が言う。その言葉には、先程までとは異なる厳しさと険しさが宿っている。灰仙妃が身を竦め、輔仙がそっとその手を握る。

「誰かある。太医を連れて参れ」

部屋の隅で控えていた宦官たちが、ぱたぱた走って部屋から飛び出そうとする。

「陛下。お待ちを」

黄仙妃が、決然とした声色でそう制した。宦官たちはぴたりと動きを止め、どうしたものかとお互いに顔を見合わせる。

「後宮の戦を、妃の争いを、審らかに判断する。それが陛下の務め。皇后は争花叡覧の定法に基づいて選び出されます。陛下といえども、私心でひとりの妃に肩入れすることは許されません。それは、定法を定め賜うた祖に叛く行いです」

よどみない物言いである。黄仙妃の怜悧さが伝わってくる。

「俺は皇后の座を争うために妃同士が敵対することを禁じ、新たに法として宣布した。黄仙妃はそれを破ったのだ。厳しい沙汰を待つがよい」

帝には、明らかな怒りが見えた。怒声を上げたり、円卓を叩いたりするわけではない。しかし、いつも感情を表さない彼であるが故に、ほんの少し物言いに怒気が含まれただけで、聞く者をして慄然とさせる凄みが放たれる。

「これは不思議な仰りよう」

しかし、黄仙妃は顔色一つ変えない。言葉一つ震わせない。

「先程も申し上げました通りです。あくまでわたしは、胡仙妃のためを思い、その輔仙の実力を試して差し上げたのです。何の悪意も、何の敵意もございません」

そして、胸を張ってそう言ってのけた。

帝は口をつぐむ。確かに、そうだろう。究極的には、黄仙妃の内心は黄仙妃にしか分からない。黄仙妃が「善意でやった」と言い張れば、そうだと判断するしかなくなる。

帝は黙ったままでいる。もしここで黄仙妃を強引に罰すれば、形の上では帝が横暴に振る舞ったということになる。それが分かっていて、何も言えないのだろう。

「黄仙のやり方っていっつもそうだよね。誰がどう見ても悪いのに、誰がどうやっても裁けない」

灰仙妃が、つまらなそうに言った。

「恐縮です」

その皮肉を、黄仙妃は誇らしげに受け止める。

「口に甘蜜(かんみつ)、胸に毒。瞳に星辰(せいしん)、手に花槍(かそう)」

続いて、高らかに告げる。

「黄仙の家訓です。ゆめ、お忘れなきよう」

自らに表と裏があることを、堂々と宣言する。

「陛下」

月麗は立ち上がり、帝に話しかけた。

「頼みとする輔仙が、突然体調を崩しました。大変失礼ですが、わたしは御前を下がらせて頂きます」

「――いいだろう。労(いたわ)ってやれ。後ほど見舞いの者を行かせる」

帝はそう言った。そう言うことしか、できないのだろう。

「ありがたき幸せ」

拱手すると、月麗は占筮(せんぜい)の道具をまとめて袋に入れる。そしてその袋を持ったまま再び北風の傍らにしゃがみ、北風を背負(せお)って立ち上がった。

月麗と北風では、体の大きさにかなりの差がある。ひょいひょいと歩くことはできない。よたよたした、頼りない足取りになってしまう。

「あらあら。胡仙妃は何をなさっておいでなのかしら？」

黄仙妃が、揶揄(やゆ)するような声を出す。

「胡仙宮は、倒れた者も妃が運ばないといけないほど働き手が足りないのね。お可哀想(かわいそう)」

ような、というか、正真正銘小馬鹿にしている。

月麗は、どうにかこうにか円卓の方を振り返った。一言、言わせてもらいますね。

「他の宮はいざ知らず、胡仙の侍女は使い捨てではありません」

北風を背負ったまま、月麗は話し始める。

「なくなった蜜は、再び蜂が集めます。使った毒は、もう一度新しい草から採れます」

——相手の言ったことを、すべて顛倒させながら。

「朝日に消えた星は、夜が来ればまた天に輝きます。戦で折れた槍は、工匠を雇えば改めて作り直せます」

黄仙妃の表情が強ばった。無理もない。意気揚々と語ってみせた家訓を、正面から否定されているのだから。換えが利くものであるかの如く、軽んじられているのだから。

「しかし、逸材は。失えば、再び得ることはできません」

すべてを受け切ってみせた後、力一杯反撃を繰り出す。

「蘇輔仙は我が股肱の臣——股肱というべき存在です。たとえば山道を歩いていて、狼に襲われたとしましょう。その時に手足の肉を割いて投げ与えたところで、時間稼ぎにもなりますまい。そのまま喰らわれるのを待つだけではありませんか。手足があるからこそ、武器を取って戦うことも、走って逃げることもできるのです。特に代々言い伝えられたものでもありませんが、わたしはそう考えます」

もう、黄仙妃の顔を見る必要もない。月麗はそう確信し、会場を出た。背中にかけられる声はまったくなく、月麗の確信を裏付けたのだった。

「あんな、捨て台詞のようなことを」

月麗の背中で、北風が呻いた。先程より、声がしっかりしている。少しは楽になったようだ。

「面目を潰された黄仙妃は、本気になるでしょう。どんな妨害が仕掛けられることやら」

「いいじゃないですか。どっちみち、一服盛ってきた時点でやる気満々だし。——でも不思議ですね。帝に気に入られて、皇后になりたいんでしょ？　何でわざわざ、あんな心証を悪くすることをしたのかなあ」

月麗の疑問に、北風は答えない。理由が分からないのか、分かっているけれど言えないのか。

「——大体、宦官を呼べばいいのです。どうして、ご自身でわざわざ運ばれるのですか。これは妃の仕事ではありません」

そして、違う話を始める。

「こうしたいの」

月麗は、それに答えた。

「わたしのことを身を挺してかばってくれた姐姐は、自分で運びたいの」

虚を衝かれたかのように、北風は一瞬黙り込んだ。

「まことに、光栄なことです」

改めて、北風は口を開く。

「ですが、細々したことばかりではなく――」

「細々したことじゃないです」

月麗は、北風の言葉を遮った。

「たとえば麻姑は美味しい蒸餅を作ってくれました。すぐに作れるものではないでしょう。きっと毎日のように練習して蒸し方を身につけたはず。たとえば姐姐は、毒に気づいて身代わりになってくれました。きっとしっかり毒を勉強したから分かったのでしょう」

ずれかけた北風をよいしょと背負い直すと、月麗は笑う。

「どれも、とても大切なことじゃないですか」

北風は、何も言わなかった。ただ、無視されたわけではないことは背中越しに伝わる。

「――代々の境帝陛下の皇后は、五家の内より選び出されます。皇后を出した家は、帝が代替わりするまで、神の住まう幽世に住まうことが許されます」

ややあってから、北風は話し始めた。初めて聞く、話だ。

「選び出す方法は、『争花叡覧』。花を争う様子を、帝の叡覧に入れるのです。必要なのは、邽の境帝の血筋を永劫に渡って伝える強さ。それを証明するために、妃たちが力を示し、才を競うのです」

日に雲がかかり、辺りは少し暗い。境世にも、天候はあるのだ。

「優劣を決するために用いるのは、妃たちに与えられる『仙花』という花の種です」

「種、ですか？」

月麗は首を傾げた。一応月麗も妃なはずだが、そんなものの存在は知らない。

「はい。おそれながら、未だ胡仙妃にはお渡ししておりません。扱いには、慎重にも慎重を期さなければならないので」

「なるほど」

争花叡覧について麻姑が口を滑らしかけた時のことを思い出す。麻姑は、明らかに争花叡覧のことを月麗に隠そうとしていた。その状態で、種だけ渡すこともないだろう。

「『種』は、妃の間でやり取りされます。妃が自らの負けを認めた時、認めずとも衆目が一致した時、『種』を譲ります。種をすべて失った者は、妃として相応しくないとみなされ、後宮より駆逐されます」

「逐宮、ですか」

灰仙妃と初めて会った時、彼女が口にした言葉。それに、字が当てはまる。

「はい。ただし、種を失った妃がすべて後宮を追われるわけではありません」

北風が付け加える。

「武に秀でた者、智を輝かす者。文に優れた者、芸を極めた者。後宮には選りすぐりの者が揃うため、たとえ皇后の座には届かずとも、捨てがたい才を持つ妃が現れることもあります。そうであると認められれば、名誉と共に後宮を退くことが許されます」

「退宮ですね」

もう一つの言葉にも、当てはまる。

「他の宮の種を揃えると、妃は宮の中の一室で仙花を咲かせます。明世や境世はおろか幽世にも二つとないとても稀少な花であり、他の花で誤魔化すことはできません。どの世にも二つとない五種の仙花を、全て自らの宮で咲き誇らせた時、その妃は後宮を統べたと認められます」

「それを、統宮」

北風が、小さく頷くのが伝わってきた。

「境世の歴史において、表でも裏でも妃は死闘を繰り広げてきました。それを助ける侍女は己を鍛え上げ、いついかなる時でも主たる仙妃を守ることを務めとしてきました」

「何か、もう天下取りって感じですね」

装いが華やかなだけで、やっていることは乱世に割拠する群雄たちとあまり変わらないような気がする。天下に覇を唱えることを目指すのか、帝に愛されようとするのかというところが大きく違うけれど。

「しかし、今帝陛下はそのあり方を好まれませんでした。陛下は――」

「『優れた者たちが、ただ誰かの妻となることだけを目指して争うのは歪である。そこに幸せを見出（みいだ）すよう強いるのは、愚かである』。陛下はそう仰り、妃同士が直接衝突することを法で禁じられたのですよ」

そんな言葉と共に、一人の男性が現れた。

身に纏（まと）っているのは官服。邾の官制はよく分からないが、結構高位の役人に見える。

その面立ちは、青年と呼んでいいほどに若々しい。また、眉目秀麗である。時に鋭さが際立つ帝とは対照的に、にこにこと優しそうだ。

「欧陽龍（おうようりゅう）、字（あざな）を元雲（げんうん）と申します。陛下より『胡仙宮の輔仙（ほせん）をお見舞いするように』と仰せつかり、まかり越しました」

青年が名乗る。すると、なぜか北風が溜（た）め息（いき）と舌打ちとあーという呻き声をほぼ同時に繰り出した。鬱陶しいなという内心を隠そうともしていない。いつもとは別人のようだ。

「争花叡覧を審（つまび）らかに判断するのが陛下の務め。よって、特定の仙妃への肩入れは許されません」

そんな北風の様子に気づいているのかいないのか、龍は得々と語る。

「しかしわたし自身はしがない宮仕え。お困りのお妃様を多少お手伝いしても、何の問題もないのですよ」

そう言って、茶目っ気たっぷりに目を見開いてきた。帝が「見舞いの者を行かせる」と言ったのは、そういうことだったのか。さりげない優しさに、胸が温かくなる。

「さて。それでは失礼します」

龍は月麗に近寄ると、背中の北風をひょいと奪い取った。膝の裏と首の後ろに手を添え、まるで姫君か何かのように丁寧に抱える。見た目はそこまで筋骨隆々というわけでもないのに、随分とたくましさを感じさせる。

ふと、月麗は自分も帝に同じことをされたと思い出した。最初に会った日、転びそうになった時だ。あの時も、帝はさりげなく優しかった。

いや、いやいや。月麗は記憶を頭から追っ払う。何だかこれは、変だ。うまく言えないけれど、深く掘り下げて考えると色々よくない気がする。

「おやおや。とても美しい女性だ」

内心でじたばたしている月麗の目の前で、龍は北風にそんなことを言った。北風は答えない。まさか照れているのかと思い、顔が見える位置に回り込んでみると、その正反対だった。果てしなく険しい表情をしている。掛け値なしで、怖い。

「もしや、あなた様は才賢の誉れ高い蘇輔仙では？」

明らかに物騒な空気を放つ北風に、龍はにこにこと話しかけ続ける。

「こちらへ、お顔を」

ようやく、北風が口を開いた。続けて、手をそっと上げる。

「おや、いかがなさいましたか？　何か、聞かれたくない言葉でも？」

龍が、横向きに顔を寄せる。その頬を、北風はぎゅううとつねった。

「いたた」

折角整っている龍の面立ちが、面白おかしく歪んでしまう。

「蘇輔仙、何故にこのような仕打ちを？」

「心にもない褒め言葉は侮辱と変わりません。よって、相応の報いをもたらしています」

「いた、いたた」

「え？　え？」

月麗は一人戸惑う。ど、どういうこと？

「幼い頃からの知己にございます」

忌々しくて仕方ない、といった口ぶりで、北風が説明を始めた。

「このように、女性と見れば誰彼構わず甘い言葉を囁く不届き者です」

その間、頬はつねりっぱなしである。面白おかしく歪んだ顔が元に戻らなくなったらどうしよう、とはらはらしてしまう。

「もしかしたら多少そういうところもあるかもしれませんが、貴方への言葉は特別です」

頬をつねられたまま、龍は微笑む。何とも器用だ。

「騙されるものですか。どうせ誰彼構わずそう言っているくせに」

北風は、きっと龍を睨んだ。

「胡仙妃は、輔仙であるわたしを手足の如き存在だと仰った。妄りにわたしに触れよう

とすることは、境帝陛下のお妃たる胡仙妃に手を伸ばすことと同義である」

「おおっと、これは上手くやられましたね。――そうですね。輔仙である貴方に、触れることは許されない。分かっては、いるのですけどね」

眉尻を下げ、龍は苦笑する。寂しげな、陰のある表情だ。頰をつねられたままでなかったら、とても様になっていただろう。

「誰かある。蘇輔仙を宮までお運びせよ」

「かしこまりましたっ」

龍の呼びかけに応じて、宦官の一団が現れた。大きい戸板のようなものを、協力して運んでいる。あれで北風を運ぶらしい。

「また改めてお迎えに上がります。貴方の才智に相応しい輝きの、宝玉を携えてね」

その戸板の上に、龍は北風を横たえた。

「『門下侍郎に贈賄の疑いあり』と陛下に直訴します」

龍の徹底して気障な台詞を、北風は徹底的に突き返す。

「やれやれ。どうやったら貴方の心に近づけるのか。北から吹く風はいつも冷たい」

哀しそうにそう言うと、龍は月麗の方を振り返ってきた。

「しかし、胡仙妃は争花叡覧についてご存じなかったのですか？」

何気ない問いだ。しかし、実のところそうではない。月麗ははっとする。そう、さっきのやり取りはおかしい。今になって後宮の仕組みを改めて説明してもらっていることは、怪しまれて当然だ。

「――妃は、ご自身が胡仙を代表して選ばれるとお考えではありませんでした。それ故に、後宮の仕組みについてよくご存じなかったのです」

月麗が固まっている間に、北風は速やかに弁明をひねり出した。さすがすぎる。

「我々には、お教えすることに不安もございました。たとえ陛下の叡慮により直接の衝突を禁じられているとしても、妃が争うという根本の仕組みは変わりません。詳しい仕組みをお教えすると、お逃げになるのではという懸念がありました」

北風は、もう一つ付け加える。すぐにぴんときた。これは、月麗に向けて言っている。

「では、なぜ教えてくれたのですか？」

思わず、訊ねてしまう。

「胡仙妃は、わたくしを股肱の臣として扱ってくださいました。ならば、そうあろうとしたまでのこと。主を謀るのは股肱にあらず、逆臣にございましょう。――運んでくれ」

北風が指示し、宦官たちはえっさほいさと運んでいった。

「なるほど、なるほど。よく分かりました。実に麗しい主従の愛情ですね」

うんうんと頷くと、龍は月麗の方を向いた。

「では、わたしもこれで。彼女を部屋までお連れしたかったのですが、こうも拒まれては如何(いかん)ともしがたい」

「部屋に入れると、何をされるか分からないからでは？」

「ハハハ。これは手厳しい」

月麗がちくりとやると、龍はまた苦笑した。

「先程お話しした以外の部分でも、お力になれることがあればなるようにとのご下命も拝しております。お困りの際は、門下省まで」

そんな言葉と爽やかな礼を残すと、龍も去っていった。

「うーん、そうだったのかあ」

月麗は考え込む。仕組みはよく分かった。これはつまり、「仕組みの上では」月麗は喰(く)らわれないということになる。妃とは、本当に妃だったのだ。

ならば皇后大戦争に加わるのかというと、それは遠慮したい。月麗は、人間なのだ。その正体が明るみに出てしまえば、やっぱり喰らわれてしまうに違いない。

というわけで、やっぱり逃げ出したい。――逃げ出したいはずなのだが、そうとも言い切れなくなり始めている。

理由は何か。北風や麻姑たちのことは勿論(もちろん)として、帝の存在が大きい。

帝が何を考えているのかは、分からない。占い以外の面で月麗のことをどう思っているのかも、分からない。しかし、月麗が帝のことを考えると、何とも言葉にできない気持ちになるのだ。帝の姿が、言葉が、優しさが、何というか――何なのだ。

「もう。どうだっていうのよ。はっきり説明しなさいよ」

「あ、あの」

自分を詰問している月麗に、誰かが話しかけてきた。

「ちょっと、いいですか？」

房のついた花槍。そばかすの目立つ大人しそうな面立ち。すらりとした体。先程の宴にいた黄仙宮の侍女である。

――どんな妨害をしかけられるやら。

月麗の脳裏に、北風の言葉が蘇る。

「さては刺客ね。闇討ちしようたって、そうはいかないわよ！」

月麗は、袋に手を入れて、一枚の札を取り出した。持ってきておいた呪符だ。

「急々として律令の如くせよ！」

妖怪祓いの呪語と共に、月麗は呪符を投げつけた。効果は北風のお墨付きである。呪符が命中すれば、あの侍女は爆発して吹っ飛ぶことだろう。

「えい」

侍女はその場に槍を置くと、呪符を手でぱしりと受け止めた。特に爆発もしないし、吹っ飛んだりもしない。なぜなのか。

「急々として律令の如くせよ！」

とりあえず、月麗はやり直してみた。

「えい」

やはり、侍女は呪符をぱしりと受け止めた。

「急々として律令の如くせよ！」

「えい」

何度やっても同じである。

「あの。これ、魔除けとか妖怪祓いの呪符ですよね？」

札の束を手に、侍女は言った。

「それ、わたしには通じません」

「へ？　何で？」

「わたしも人間なので」

「なるほど、そういうこと」

月麗は納得した。人間なら、妖怪祓いの呪符が通じないのも当然である。

「え！　人間なの！」

ややあってから月麗はぶったまげた。まさかの事態に、理解が追いつかなかったのだ。

「はい。――胡仙妃も、人間なのでしょう？」

侍女が、単刀直入にそう訊ねてくる。どうしてバレているのか！

「い、いえ？　なにをこんきょに、そんなことを？」

とりあえず、月麗はしらを切ってみた。

「こっちの料理のことを知らない雰囲気でしたし、占い方は人間みたいな占筮(せんぜい)ですし。そもそも、妖怪が妖怪祓いの呪符を投げまくるのは変だよねって」

侍女が、根拠を並べる。

「むむむ」

返す言葉もない。道士妃っぽい場面が来て興奮してしまい、ついやり過ぎてしまった。

北風にも、使いすぎるなと言われていたのに。

「あの、あの」

侍女が、声を震わせる。どうしたのかと様子を窺(うかが)って、月麗は驚く。侍女の瞳が、溢(あふ)れんばかりの涙を湛(たた)えていたのだ。

「わたし、林玉青(りんぎょくせい)って言います」

侍女が、名を名乗る。

「麓の村で、生贄にされて」

その言葉に、月麗は息を呑む。

「食べられなくて。代わりに侍女にされて。侍女兼、餌にされて。それで、それで」

玉青の言葉はつっかえつっかえで、話の流れも分かりづらい。

「そしたら、貴方を見て。もしかしたらって思ったら、やっぱり。この人、人間だって」

それだけに、彼女が感極まっていることが伝わってきた。

「ごめんなさい、迷惑だし危険なのは分かってます。でも嬉しくて――」

話し続ける玉青に、月麗は黙って歩み寄った。

「つらかったんですね」

そして、背伸びして玉青の首に腕を回し、そっと抱き締める。柔らかい香りがした。

「わたしも、貴方に会えて――人間と会えて、嬉しいですよ」

玉青は、びくりと震えた。そして、ぽろぽろと涙を流し始める。

「黄仙宮では、いつも虐められてて。働けって。役に立たなかったら喰らってやるぞ、人間だとばらして他の妖怪の餌食にしてやるぞって、脅されてばかりで」

宴で、黄仙妃が玉青に向けた眼差しを思い返す。あの険しい目で、責め苛まれていたのだろうか。想像しただけで、胸が痛くなった。首に回した腕に、力を込める。

幸運にもと言うべきか、誰かが近くを通りすがるということもなかった。玉青は苦しさを存分に涙に変え、少しずつ落ち着いていく。

「ありがとうございます」

やがて、玉青がそう言った。その声は、最初の時よりも随分としっかりしている。

「――胡仙妃。お話があります」

月麗は、腕を放して玉青を見上げる。玉青の瞳に、もう涙は浮かんでいなかった。

「一緒に、逃げませんか？　喰らわれてしまう前に」


宦官が、三名がかりで大きな団扇を抱え上げ、えいやそいやと扇いでいる。そう暑くもない季節の境世なのだが、黄仙宮の一室だけは違っていた。南国のような暑気に包まれている。

花壺に活けられている大輪の花も、あるいは調度なども、鮮やかな原色で彩られている。これも、同じく南国の風情を湛えているといえる。

そんな空間に、黄仙妃・黄小容はいた。下が透けるほどに薄い服を身に纏っている。彼女の肢体の描く曲線の美しさが、惜しげもなく露わになっている。

傍らの茶器には茶が注がれていて、大きな氷がいくつも浮かんでいた。薄い服も氷も、大変高価なものだ。

「黄仙妃。本日の宴には、あの新入りを連れて行かれたそうですね」

彼女の目の前に、黄仙宮の輔仙である紀祖猗が跪いた。祖猗もまた、薄手の服を身に纏っている。その体つきは、主に勝るとも劣らぬ蠱惑的な魅力を放っていた。

「ええ。何か黄仙宮に利あらぬことが起これば捨て駒にするつもりだったけれど、その機会はなかったわ」

「悪運の強い。わざわざ内侍省に面倒な申請までして増やしたのですから、少しは活用したいものですが」

小容の言葉に、祖猗はふふと笑った。両者とも、この場にいない「あの新入り」にあからさまなほど冷たい。

「宴自体はいかがでしたか？」

祖猗の問いに、小容は苛立ちも露わな溜め息をついた。

「現帝陛下におかれましては、相も変わらず。事もあろうに明世なぞ引き合いに出され、あれやこれやと高説を垂れておいでだったわ」

帝が懸命に尽くした言葉を「あれやこれや」と表現するところに、彼女の気持ちが表れている。帝の話や帝の考え方に、小容は毛ほどの価値も感じていないようだ。

「人間が天から与えられた命数は短く、生まれたかと思ったらすぐに死ぬ。故に明世は変転を繰り返し、一向に定まることもない。そんなか弱いあり方に、一体何の価値を見出すというのか」

　小容の髪色が変ずる。目にも鮮やかな、黄色へと。

「前回の不名誉な結果は、争花叡覧の存在価値を根底から揺るがした。同じことが繰り返されてはならぬ」

　己の内にある苛立ちを、小容は言葉にして吐き出した。

「邦境は、他の三境よりも強固な安定を誇ってきた。それは争花叡覧を厳格に行い、帝の血を強く保ってきたが故。個々の妃は、そのためにこそ存在している。

　個々の存在を尊重しすぎては、もっと大きく重要なものを見失ってしまう。上に立つ者が国の全員の幸せを考えるなど、あまりに甘い。ただ仕組みを変えるだけで物事がよくなると期待するなど、あまりに幼い」

　苛立ちという強い感情を理路整然と語れるところに、小容の知性の鋭さが表れている。

「まあ、そうやって理想にすがられるところも可愛らしいのだけれど。しっかり現実を教え込んで差し上げるのが楽しみだわ。勿論、それ以外にも、色々と」

　小容は、そう言って舌なめずりをした。

「陛下が政を忘れ、黄仙妃に溺れられたら何となさいます」

　祖猗の言葉に、口元を緩める。

「その時は、我々黄仙が実権を握ればいい。心配しないで。何も贅沢の限りを尽くそうというのではないわ。陛下をわたしの閨房（けいぼう）からお出ししないだけのこと」

　小容の瞳が、妖しく光る。

「帝室の務めは権威ある血筋を絶やさないこと。自ら何かしようとしたり、意思を表したりする必要はない。宮城の奥深くで、ただ祖を祭り祈りを捧（ささ）げていればそれでいいの」

　その声はあくまで甘やかで、そして同時に毒々しい奸智（かんち）に満ちている。黄仙の家訓を、小容は見事に体現していた。

「穴をいくつも掘り、獲物を待ち受ける。それが鼬（いたち）のやり方」

　小容は立ち上がると、黄色の髪を揺らして歩く。

　そして活けられた花の前に立った。生き生きとした花びらを開かせる、大輪の花だ。

「まず狩るべきは、胡仙妃ね」

　小容は、その花の花びらをむしる。

「やる気の足りない柳仙（りゅうせん）、自信の足りない白仙（はくせん）、頭の足りない灰仙。敵はないと踏んでいたけれど、大きな見込み違いだったわ」

　花びらを握りしめると、小容は部屋を歩く。

「胡仙妃は、危険だわ。普通の妃とは明らかに違う」

　彼女が足を止めたのは、鳥籠の前だった。鳥籠の造りは、かがり火に似ている。床に立つ長い棒の先に、籠が取り付けられている。

鳥籠の中には、一羽の鳥がいた。色鮮やかな羽根は、玉虫の如く七色に輝いている。美しく、そして毒々しい。

小容は、籠の上から花びらを落とし入れた。鳥は、翼を広げ羽ばたかせる。花びらは翼に触れ、次の瞬間朽ち萎れ色褪せた。

「――ねえ、陛下。身も心もきっちり躾けて差し上げます。わたしのものになるまで。わたしだけのものになるまで。わたしなしでは、一日たりとも過ごせなくなるまで」

籠の中の鳥を眺めながら、小容は艶然と笑う。

「お慕いしておりますわ、陛下。本当ですのよ？」

月麗は、寝台に飛び乗った。寝台は月麗の体を受け止め、ばいんと弾ませる。しかし、心が弾むことはない。玉青が去り際に残した言葉が、鎖の如く絡み付いているのだ。

逃げる。それは、素晴らしい誘いのはずだ。縁もゆかりもない後宮の中の争いから、喰らわれるかもしれないという恐怖から、逃げ出せるのだ。

だというのに、月麗は躊躇っている。迷っている、決断できないでいる――

「浮かない顔だな」

いきなり、そんな声がした。

「ひゃっ！」

びっくり仰天して、月麗は寝台の上を転がる。普通ならそのまま転がり落ちそうなところだが、豪華で大きい寝台なので最後まで転がり切れた。

「そんなに驚くことはあるまい」

声の主は、帝である。

「いえ、その！　ぼうっとしておりまして！」

言い訳にもならない言い訳をしながら、月麗は寝台の夜具を目元まで引き上げた。

「そうか」

帝は優雅に歩き部屋を横切ると、寝台に腰掛ける。

「──あ、の」

月麗は、その場に固まった。距離が、近い。

「今日は見事だった。特に、誇り高い黄仙妃から『譲種しそうになった』という言葉を引き出したのは大きい。でかしたな」

帝はそう言うと、月麗を見つめてくる。

「胡仙妃は、本当に興味深い」

そして、近づいてくる。

「もっと──深く、知りたくなる」

どんどん、近づいてくる。寝台の上に乗り、月麗のところまでやってくる。

「え、え？　え？」

月麗が狼狽えている間にも、帝はどんどん迫ってくる。

「ま、待ってください！」

月麗は夜具を頭の上まで引き上げ、そこに潜るようにして隠れた。待ってほしい。いきなりすぎる。ただでさえ争花叡覧のことだとか、他にも境世に人間がいたことだとかで頭の中がいっぱいなのに、突然こんな風に迫られても混乱してしまうばかりである。

呪符を手元に置いておけば、と後悔する。帝を呪符で撃退する妃というのもおかしな話だが、そうも言っていられない。こっちがおかしくなっちゃいそうなのよ。

「胡仙妃よ」

「何でしょう！　今ちょっと、わたし、そういう感じじゃなくて！」

布を盾にして、月麗は帝に立ち向かう。

「もっとよく――その顔を、見せてくれ」

だが、儚い抵抗だった。どこまで行っても布は布。容易く剝がされてしまう。

「あの、あの！」

ばたばたと下がろうとするが、それすらもかなわなかった。帝は月麗の肩を掴み、逃げられないようにする。

「俺は帝だ。そしてお前は妃だ。こうすることに何の問題がある」

「あります！　とても恥ずかしいです！」

「恥ずかしがる必要はない」

帝は月麗の耳元に口を寄せ、囁く。

「お前のすべてを、俺に見せてくれ」


元寧殿の自室の椅子に、帝は——封は腰掛ける。

目の前の大きな机には、未済と書かれた紙が置かれていた。その文字を見つめ、封は物思いにふける。

「おや、それは胡仙妃の手跡ですね」

龍が入ってきた。

「彼女が何か書く度に、そうやって集めていくのですか？　若干偏執的でもありますね」

にこにこと封を茶化す。龍はいつでもどこでも龍だ。

「門下侍郎の任を解く。そして穴掘大夫の任を与える。地面に穴を掘り、然る後埋め戻せ。それを毎日繰り返すべし」

そんな龍に、封は大変懲罰的な人事を告げた。

「何と横暴な。本当に暴君になってどうするのですか。まだ陛下を討ち果たす手段は三十七通りほどしか考えておりません」

「着々と簒奪の企てが進んでいるように思えるが」

「ちなみに陛下の諡も今決めました。厲です」

「諡とは、死後に生前の事績を評して贈る名のことだな。厲にはどういう意味がある」

「『暴慢無親』ですね。暴慢にして親しむこと無きを、厲と曰う」

「お前に毎日穴を掘らせたり埋め戻させたりするくらいのことで、なぜそこまで言われなければならぬのだ」

「暴虐無親と作る書もあります」

「どちらでも変わらん」

「わたしが即位した暁には、諡を賢とします。徳明らかにして誠あるを、賢と曰う」

「自分で自分に諡を贈るな。しかもまったく事実に反しているではないか」

そう言ってから、封は溜め息をついた。龍の相手をする元気もないと言わんばかりの、憔悴しきった様子だ。その目は、力なく紙に向けられる。

「一体どうしたのですか。随分とお疲れのご様子ですが」

さすがに気遣わしくなったか、龍が真面目な顔になる。

「強引に口説いてみた。そうすると、胡仙妃は目を回して倒れてしまった」

「そのまま押し倒せばよかったではないですか」

一瞬にして不真面目な顔に戻ると、龍はそんなことを言った。

「門下侍郎の任を解く。そして接龍将軍に任じる。一日中ひとりでしりとりをしろ。年中一日も休んではならん」

紙を見つめたまま、封は龍に申し渡す。

「よくもまあそんな、何一つこの世に生み出さない無意味な職務を思いつきますね」

「無意味なことばかり言う臣に相応しい役職を与えただけだ。適材を適所に配している」

そう言ってから、封は肩を落とした。

「──胡仙と灰仙の諍いは、厳しい沙汰を下す他なかった。妃同士が争闘に及ぶことは、一切認めるわけにはいかん」

そして、問わず語りに話し始める。

「賢明なご判断と存じます」

龍が相槌を打つ。何だかんだ言いつつ、封の最も良き話し相手は彼なのである。

「それを水に流すために、宴の場を設けた。予想通り火花が散る場面もしばしばだったが、どうにか禍根を残すことなく済ませられた」

「お見事です。胡仙妃も活躍されたようで。後宮も朝廷も、その噂で持ちきりですよ」

「そして再び胡仙宮に渡れるようになった。そこで積極的になってみたら、先程話したようなざまだったのだ」

　封は肩を落とす。

「何のことはない。占いにおける子狐とは、俺を指していたのだ。あと一歩のところで、失敗してしまった」

「まあ、色恋沙汰に関しての陛下は子狐程度でしょうしね。念のために聞いておきますが、胡仙妃は嫌悪や恐怖で気絶したのではないのですよね？」

　龍の質問に、封は溜め息をつく。

「分からん。顔は赤かったので、恥ずかしいかと判断した」

「そこで女性の気持ちを察せないからいけないのですよ。押すべきか引くべきか、相手がどうしてほしいのか、それを読み取って先回りして行動するのです。基本ですよ」

「むう」

　遂に封は黙り込んだ。何度も口を開きかけては閉じ、やがて決意したように言う。

「俺は、少しばかり不安になっている」

「一番ダメなやつですよ」

　龍は顔をしかめる。

「自信のない男は徹底的にモテません。根拠もないのに自信満々な男の方が、まだ相手にされます。だから、まずは他の妃からと申したのです」

「実を言うと、最初に占われた時に『虎の尾を踏む。人が喰らわれる』と告げられた」

龍が、口をつぐんだ。その表情に、いつもの陽気さとは異質な色がよぎる。

「――それは、本当ですか？」

動揺。あるいは、心痛。

「ああ。『帝位を踏んでもやましくなければ、光明が見える』とも言われた」

封の瞳にもまた、普段と違う色が宿る。

「希望の光がないわけではないらしい。だが、簡単ではないだろうな」

自嘲。あるいは、悔恨。

「彼女は、陛下のことを知っているですか？」

龍が訊ねた。封への気遣いが、その声に滲み出ている。

「知らぬ。知っていれば、何としてでも逃げだそうとするはずだ」

帝の瞳に浮かぶ自嘲が色濃くなる。龍は、かけるべき言葉を見失い黙り込んだ。

「決して傷つけてはならない誰かを、かつての俺は傷つけた」

そして、まったく違う色へと変じた。

「もし再び同じ状況に置かれても、俺は俺を押しとどめきる自信がない」

――瞳そのものの色が、変じたのだ。

「やはり、諦めた方がよいのかもしれない」

それは、黄金。この世のものならぬ妖しく危うい輝きが、元寧殿の夜闇に揺れる。

「俺は、また大切な人を、傷つけてしまうのかもしれない」

第四占　問うていいのは一度だけ

君子は吉も受けざる所あり。凶も避けざる所あり。

月麗は、朝から大有殿に一人でいた。修業は、北風がまだ本調子ではないため休みだ。
机の上の紙には、「占部尚書日録」と大書してある。北風に、日々の記録をつけるよう
に言われたのだ。
筆を手にし、昨日のことを思い返す。「争花叡覧」という後宮の仕組みを知った。同じ
くこの世界に紛れ込んだという人間と出会った。帝に迫られた。恥ずかしくて気絶した。
月麗は筆を持ったまま固まった。どれもこれも記録として残せるような話ではない。
ちなみに気絶した月麗が意識を取り戻すと、帝はいなくなっていた。引き剝がされた夜
具は元通り整えられ、月麗にかけられていた。気絶したことで責められるということもな
く、気絶したことが広まっている風もなく、侍女たちにどう過ごしたかそれとなく聞かれ
たほどだった。それを曖昧にやり過ごし、そのまま大有殿に来て、今に至るのである。
整理が、つかない。考えが、まとまらない。

今の自分を占おうかと筮竹に手を伸ばし、やめる。月麗は、自分を上手く占えない。

他人のことは、冷静に占える。無心で筮竹を捌けるし、得た卦についても落ち着いて読むことができる。しかし、自分のこととなると駄目なのだ。それは私情が入るということであり、占筮者としては二流の証しである。

思えば、昨日の占いが予期せぬ事態を招いたのも、そういうことかもしれない。自分が関わることだから、気づかないうちに雑念が交じり、正しく読めなかったのではないか。未来を観る能力も、同様だった。自分の目では自分の顔が見られないように、月麗は自分の未来を観たことがない。

——占いとは、当たりに行くもの。そして外しにかかるもの。

自分のことになるとさっぱり当てられない月麗に、師はよく助言をくれた。いい結果が出れば、それが実現するよう努力すればいい。悪い結果が出れば、それが現実のものにならないよう行動すればいいと。

その言葉の意味は、よく理解できている。しかし、どうにも活かすことができない。

月麗が悩んでいると、扉が開いた。勿論人生の扉ではなく、大有殿の扉である。悩んだくらいで人生の扉が開いたら苦労しないよねー。

「——あら」

入ってきた相手を見て、月麗は椅子から立ち上がった。鬱々としている場合ではない。

入ってきたのは、北風だったのだ。手には、何やら籠を持っている。

「失礼いたします」

「じっとしていなくて、大丈夫なんですか？」

駆け寄りながら、月麗は訊ねた。

「何卒お気遣いなく。ご心配をおかけして申し訳ありません」

北風が、凛とした答えを返してくる。その声にも佇まいにも、毒の影響は窺えない。だが、月麗は昨日の彼女の様子を知っている。安心はできない。

「安静にしててくださいよ。もしあの毒に『大人しくしていないと血を吐いて死ぬ』みたいな効果があったらどうするんですか」

「むしろ好機です。遠慮なく吐血して死にますので、その事実を基に黄仙妃を糾弾し逐宮に追い込んでください」

「そんなあ」

壮絶な提案をされて泣きそうな月麗に、北風はふうと息をついて見せた。

「真面目に申し上げますと、仕事は休んでおります。それでよしとなさってください」

月麗は、きょとんとした。仕事を休んだということは、私事で訪れたことになる。

「胡仙妃に、占って頂きたいことがございます」

北風がそう言った。月麗は息を呑む。まさか、あの欧陽龍なる美男子との恋占いとか！

「本来胡仙妃であった方についてです」

まあ、そんなはずはなかったのだった。

占部尚書日録

○胡仙宮輔仙蘇北風、来る。その憂患する所を占う。

「仙妃を選ぶ基準は、時代によって、また五家のおのおのによって様々です。たとえば黄仙妃は、伝統的に黄という一族が出すことになっています。逆に胡仙では特定の家から出さず、最もふさわしい者を選び胡仙妃とします」

そこまで話すと、北風は茶を口にした。籠の中には、蒸餅に加えて茶を淹れるための道具一式が用意されていた。さすがの抜かりなさである。

「本来輿入れされるはずだった方は、胡仙妃として申し分のない力をお持ちでした。聡明さ。健康さ。美貌。洞察力。妖怪としての力。全てにおいて、並外れておられました」

蒸餅を頬張りながら、月麗は首を傾げる。そんな凄い人の代わりが月麗で、本当によかったのだろうか。そういえば、灰仙妃に「肩透かしだ」みたいに言われた気もする。

「しかし彼女は、輿入れ自体に大変不満をお持ちでした。頑として首を縦に振られず、胡仙妃のみ輿入れが大幅に遅れました」

出会った女性──令狐昭のことを思い出す。ほんの少し話しただけだったが、強い意志を持つ女性だったと感じる。そして、とても魅力的な女性だったとも。だからこそ、胡仙はどれだけ遅れても彼女を胡仙妃とすることにこだわったのだろう。

「そんな、ある日のことです」

北風の表情に、やるせなさと憤懣が交錯しつつ浮かんだ。

「彼女は、たまたま胡仙の里を訪れた一匹のけしからんタヌキにたぶらかされ、その後を追って出奔されたのです」

月麗の記憶に、未来で観かけた男性の顔が蘇る。

「タヌキですか。中々いい顔でしたけど、確かに言われてみればそんな感じも──」

月麗の言葉を聞くなり、北風が目を細めずに見開いた。

「あのタヌキ野郎と面識が？」

月麗は震え上がった。凄まじい剣幕である。

「いえ。そんな話を観た──いや、聞いただけでして」

「お忘れください。もしもう一度あのタヌキの話をなされたら、明日から特訓の厳しさを百倍にいたします」

凄まじい脅し文句である。月麗はただこくこくと頷く。

「――我々は、五家の内で最も歴史の浅い一族です。はじめから争花叡覧に参加していたわけではなく、坨山という明世の山から流れてきました。胡の名がついているのも、そのためです」

月麗は得心する。胡仙だけが色の名を冠していないことには、理由があったらしい。

「故に、『争花叡覧』で勝たねばならないのです」

「それ、そんなに大切なことなのですか？」

思わず、口にしてしまう。月麗のようなよそ者を無理やり代わりにしてまで、参加しないといけないものなのか。

北風は、しばし考え込む様子を見せた。彼女が淹れてくれた茶――とても美味しい――に口を付けたり、持ってきてくれた蒸餅――これも美味しい――を頬張ったりしながら待つ。北風の頭の回転は、月麗などよりずっと速い。そんな彼女が熟考するのだから、難しいことなのだろう。

「この境世は、神の住む幽世と人らが暮らす明世の間に置かれた世界です。人が神の世に紛れ込むことのないよう、あるいは荒ぶる妖が人の世に災いをなさぬよう、衝突を緩やかにするために作られたのです」

ようやく、北風が話し始めた。この辺りは、帝からも聞いた話だ。

「そんな境世を治める境帝は、神と位を同じくする存在です。故に、境帝の皇后を出せば、その家は神の仲間入りをします。そして、帝が退位するまで幽世に住まうことが許されるのです。とても名誉なのですよ。我々にとっては」

北風の言葉は、どこか自分に言い聞かせているようにも思われた。

「故に、あれほどの天分に恵まれた方が役目を投げ出されるというのは、胡仙の一族への背信とさえ言えます。――なの、ですが」

北風が押し黙る。先程とは違い、言いたいことはあるが躊躇っているような感じだ。

「心配なんですね。あの人のことが」

月麗は、北風の内心を代弁した。北風は驚いたように息を呑み、それから頷く。

「はい。彼女は、わたしにとって無二の親友でもありました」

「分かりました。彼女の今後を、占ってみますね」

月麗は、そう請け合った。未来を垣間見てはいるが、占ったわけではない。二度占ったことにはならない。

筮竹を取り、捌く。先程のような迷いはない。嘘のように集中できる。

――節の五。

――節に甘んじて吉。

筆が舞い、墨が歌う。めでたい答えが出ると、気持ちも弾むのだ。

「節約の暮らしも楽しめて、吉と出ました」

月麗がそう言うなり、北風は表情を緩めた。

「進んで行けば、大切にされるとも言われています」

観た未来では痴話喧嘩みたいな場面もあったが、芯のところではあのタヌキさんも彼女のことを大切に思っているのだろう。

「──よかった」

北風が、呟く。心の底から、嬉しそうに。

「未来は明るいのですね。よかった。本当によかった」

「ねえ、まだ終わんないの？」

和やかな空気に、一石が投じられた。

「後ろがつかえてるんだけど」

彩り豊かに着飾った灰色の姫君が、眼鏡を光らせて月麗を見つめる。
○灰仙妃来る。その憂患する所を占う。
「あんたの占いは当たるの？」

ぶしつけといえば実にぶしつけな問いを、灰仙妃は投げつけてきた。

「どうでしょう」

月麗は、慎重に言葉を選ぶ。

そこそこ広い大有殿に、月麗と灰仙妃はふたりきりだった。そこそこどころではなく、気まずい。

灰仙妃がふたりきりを要求したため、北風や灰仙妃の侍女には外で待ってもらっている。実に心配である。外で狐と鼠の大激戦が起こったりしたらどうしよう。

「当たり外れを競う曲芸ではなく、未来にどう対処するかを知るための技術なのです。簡単には答えられないですね」

とはいえ、心配ばかりしていても仕方ない。月麗は、選び抜いた言葉を口にした。

「何それ。どうとでも取れるような言い方」

灰仙妃は、眉間に皺を寄せる。簡単に煙に巻かれてはくれないらしい。

「ちょっとは信用できると思って来たのに。頼りにして大丈夫なんだか」

言いながら、灰仙妃は茶に口をつけた。北風が淹れていってくれたものだ。

「あら、いいお茶ね」

一口すすって、目をぱちくりさせる。眉間の皺が消え、本来の愛嬌が花のように咲く。

「侍女に伝えておきます。きっと喜びます」

月麗は思わず微笑んだ。やはり、灰仙妃は可愛い。仲良くできたらいいのになあ。

「――ま、ここまで来て後にも引けないか」

愛嬌が消え、灰仙妃は妃の顔に戻る。毅然とした、美しさ。

「最近、わたしの持ち物が盗まれたの。それについて占ってほしい」

そして、核心を口にする。

「とても大事にしていたもの。値段は付けられない」

灰仙妃が、息を吸って吐く。呼気の流れる僅かな音に、悔しさが滲む。

「侍女の誰にも話していない。姈娃――灰仙宮の輔仙にも黙ってる」

「なぜですか？」

月麗は問うた。占うにあたって、情報は多ければ多いほどいい。

「それが盗んだ誰かの狙いだからよ。わたしのものを盗んで、わたしと侍女たちの仲を引き裂こうってところでしょう」

ふん、と鼻を鳴らすと、灰仙妃は断言した。

「絶対あり得ないけどね。灰仙宮の侍女たちは、みんなわたしのことが大好きなの。わたしのものを盗むはずがないわ」

そこにあるのは、揺るぎない自信だった。鼻につく自惚れなどは皆無である。

思えば、彼女は可愛い仕草をする時も、堂々と可愛い。あざとく取り入ろうとするのではなく、ただ自分の信じる自分を表に現しているのだろう。

「そもそも、他の誰かの持ち物を盗む不届き者は灰仙宮にはいないし」

もう一つ、言えることがある。彼女が信じているのは、周囲に好かれる自分だけではない。自分を好いてくれる周囲にもまた、確かな信頼を置いている。素敵だな、と思う。

「でも、迂闊に話せばどうしてもこじれちゃう。わたしは密かにけりを付けたいのよ」

そんな灰仙妃の言葉になるほどと頷きつつ、月麗はふと浮かんだ疑問を口にした。

「あの、わたしが黒幕って考えたりはしなかったんですか？」

灰仙宮に疑心暗鬼の種を撒こうと企む者となると、月麗も疑われて然るべきである。何しろ、敵対する胡仙宮の胡仙妃なのだし。

「うける！」

灰仙妃は、けたけたと笑い出した。月麗はおろおろする。面白いことを言ったつもりはないのに大笑いされた時ほど、不安になる状況もそうはない。

「貴方、自分がそんな小細工できるって周囲から見られると思う？　自分よりずっと体が大きい輔仙をおんぶしてよたよた出て行く姿見て、『こやつは恐るべき策士だ』とか考えると思う？　もしあの全部が油断させるための計略とかだったら、争花叡覧なんてやる意味ないし。もう絶対あんたの勝ちじゃん」

「あう」

月麗は呻く。表裏がないと褒めてもらっているのか。馬鹿正直と揶揄されているのか。

「いかにも黄仙のやりそうなことだとは思ってる。でも、証拠がない」

言いながら、灰仙妃は机に頬杖をついた。

「調べて回ったりは、あんまりしたくないんだ。もし盗まれたことを知ったら、きっとみんな自分自身を責めるから。それは避けたい」

仕草は、外見相応にあどけない。

「でも、盗られたものをそのままにもしたくないし、しておくわけにはいかない。盗った相手が味を占めるし、何よりわたしを軽く見るようになる。灰仙妃の名にかけて、そうされるわけにはいかないよ」

一方で、その言葉と考えは外見からは想像もつかないほどに大人びている。

「それで、何か手がかりでもないかと思って、藁をも摑む思いで来たってわけ」

「分かりました。ここは一つ、摑み甲斐のある藁になってみせましょう」

そう言って、月麗は頷いてみせた。

筮竹を取り、占字文を唱える。心が落ち着く。やはり、他者は冷静に占える。没頭できる。――そうすることで、自分の問題から目を逸らしているのかもしれないけれど。

――既済、その二。

――婦その茀を喪う。逐うことなかれ。七日にして得ん。

「何か、昨日のに似てるね。今回のは、既に済んだってこと?」

月麗の書いた「既済」という文字を見て、灰仙妃が言う。

「はい。既済は完成を意味します。あらゆる調和が成し遂げられた状態です」

「何も出来上がってないけど。わたしはものを取られたくらいが丁度いいってこと?」

月麗の説明に、灰仙妃がふて腐れる。これまた可愛らしい。もうちょっと見ていたい月麗だが、また本気で怒って髪の色が変わったりしたら怖いので、話を先に進める。

「女性が茀を失うが、追わなくていい。七日で戻ってくる。そういう占いです」

言って、月麗は紙に茀という字を書き加える。

「何それ。知らない字」

灰仙妃はそう言った。身も蓋もない言い方が、月麗としてはむしろ助かる。分からないことは、分からないと言ってくれた方がありがたい。

「この茀という字には様々な意味がありますが、わたしは『女性の髪飾り』と取ります」

月麗がそう言った途端、灰仙妃は真顔になった。そして、大きな瞳で月麗の顔を穴が開くほど見据えてくる。

「ど、どうしました?」

月麗は狼狽える。

「やっぱりあんたが黒幕だっていう可能性を考えてる」

瞬きもせずに、灰仙妃が言った。物凄い目力だ。このまま見据えられ続けたら、月麗の顔が穴ぼこになりそうである。

「でもやっぱり違うかな。今のあんたは、本当におたおたしてるように見える。他宮を攪乱する手を打つ度胸とかなさそう」

疑いは晴れたらしい。しかし、月麗としては晴らし方が遺憾である。

「もうちょっと、前向きに褒めて下さいませんか」

「やだ。あれだけ陛下に褒められといて、贅沢言わないで」

月麗の抗議を突っぱねると、灰仙妃はふっと小さく息をついた。

「――わたしが取られたのは髪飾り。輿入れの祝いにお父様がくださったものなの。金色の、とても綺麗なものなのよ」

そして、そう明かす。

「ほんとですか」

月麗は、素直に驚いた。

こういう時は、いかにも見抜いていたかの如く振る舞うのが占筮者の基本だ。すると相手は占筮者を何か神秘的な力を持つ存在だと感じ、やがて崇拝するようになる。

しかし、月麗はそうしない。月麗が占う相手から集めたいのは、信仰ではなく信頼だから。

「追わなくていい、七日で戻るっていうのはそのまま受け取っていいの？」

灰仙妃が、訊ねてきた。

「そうですね。七日で戻るのは、行いが道理に適っているからだといいます。灰仙妃や灰仙宮の皆様が、道理に外れた行いをしているとは思えません」

「そりゃまあ、そうだけどね。ふふん」

月麗の答えに、灰仙妃は得意げに口元を緩めた。表情に、外見相応の幼気さが漂う。

月麗は考える。なるほど彼女は毅然としている。しかし、心のすべてがそうだとも言い切れないのではないか。毅然として見えるのは、彼女が毅然とした妃であろうとしているからであり、時としてそれは大きな重圧になっているのではないか。

──よく妃嬪の深憂を払い、女官の痛心を和らぐべし。

そんな帝の言葉を思い出す。深い憂いを胸に秘めた妃がいて、心を痛めている宮女がいるということだ。

魅力的な女性、素敵な女性がこの後宮には大勢いる。しかし、その目指すところはあまりに限定されすぎている。誰も彼も、まるで小さい靴に足を折りたたんでねじ込むかのように、『争花叡覧』という仕組みに無理をして合わせているのではないのか。

やはり、思わずにはいられない。後宮なる場所も、『争花叡覧』なるしきたりも、本当に価値があるものだろうか？

「——ふう。何だかすっきりしちゃった。色々手の打ち方も思いつきそうな気がする」

そう言って、灰仙妃は微笑んだ。

「それは良かったです」

言いながら、月麗は嬉しさを感じる。占いを通じて、相手の気持ちに寄り添う。その悩みを解きほぐし、未来への道筋を一緒に探す。占筮者として、理想とするところだ。

「ひとりで悩んでないで誰かに話すというのも、いいものでしょう」

そう付け加えて、月麗は胸の奥で何かが痛むのを感じた。

正体は何となく分かっている。月麗自身は、自分の悩みを誰にも話せない。誰かを占っては、目を逸らしているだけなのではないか。

「ありがと。——うん、やっぱりやろっと」

月麗の内心には気づかない様子で、灰仙妃は立ち上がり拱手した。

「賢なるかな胡仙妃や、明なるかな胡仙妃や。灰仙妃銀優優、胡仙妃を讃え、灰仙花の一種を譲らんとす。乞う、受け取られんことを」

そして、朗々とした声で口上を述べると、袖の中から小さな袋を取り出す。

「一応、持ってきてたわけだけど。本当に差し出すことになるとは思わなかったわ」

更にその袋の中から何かを取り出し、卓子の上に置く。

「あの、それは」

月麗は狼狽えた。灰仙妃が卓子の上に置いたのは、種だったのだ。楕円形で、ある程度の大きさがある。鈍い銀色という、不思議な色合いに輝いている。

「言っとくけど、断らせないわよ。断るっていうことは、わたしの賛辞に価値を認めないってことだから。その時は灰仙宮と戦になると思って。たとえ陛下でも止めさせないよ」

月麗は灰仙妃の目を見る。その瞳の光に宿る毅さに、月麗は背筋を伸ばす。

「分かりました」

居住まいを正し、拱手を返した。灰仙妃は真剣だ。抜き身の剣に対してなまくらな対応をしては、真っ二つにされてしまう。

「争花叡覧は、仙妃の強さを測るためのもの。その強さの中には、相手のいい所を認め、讃える心の強さも含まれているの」

月麗が種をしまうのを見ながら、灰仙妃が言った。

「少なくとも、わたしは陛下にそれがある女だって思ってもらいたい」

灰仙妃の声は、幾ばくかのはにかみと、それ以上の矜持とを湛えていた。

「陛下のことを、本当に慕っていらっしゃるのですね」

「勿論」

月麗の問いに、灰仙妃は胸を反らした。そうなのか、と月麗は思う。そうなのか、誰かを好きになることは、そんなにも誇らしいことなのか。

「陛下とのことを、占って差し上げましょうか」

月麗の口が、勝手に動いた。

自分で不思議に思う。なぜ、こんなことを言ってしまったのだろう。なぜ、「なぜ、こんなことを言ってしまったのだろう」などと——後悔しているのだろう？

「貴方、わたしと陛下の寵を争う立場でしょう。何それ、余裕の表れ？」

「いえ、そんなことは」

「でしょうね。——うーん、どうしようかな」

灰仙妃は考え込み、それからふふと笑う。

「やっぱりいいや」

とても、さっぱりとした笑顔だった。

「わたしね、陛下が好きだって気持ちに迷いはないの。陛下がわたしを好きじゃなかったら諦めようとか、皇后になれなかったら次を探そうとか、そういうんじゃないの。だから、いいの」

○灰仙妃、その将に去らんとする時、一種を我に与う。

「さて、それではそろそろ終わりですね」

月麗の向かいに座った北風が、窓から大有殿に差し込む光に目を向けた。光は、暖かな橙色を帯びている。日が、西に傾いているのだ。

「また占って下さいね」

そう言ったのは、麻姑だ。麻姑は、何人かの侍女と一緒に大有殿の中を掃除している。

彼女が登場しているのには、訳がある。大有殿の外で灰仙宮との死闘が勃発し、戦力として動員された――とかそういうことではない（割と危なくはあったらしい）。灰仙妃が帰って少ししてから北風が掃除を始めようとし、大人しくしてほしい月麗が代わりに自分でしようとし、「妃が掃除をなさいますな」と北風が抗議し、互いの主張の落とし所として麻姑以下数名の侍女が招集されたのである。

「いいですよ。いつでもどうぞ」

「やったあ」

麻姑はわーいと両手を上げる。

「ね、軽霄も占ってもらったら。恋占い」

「あー、尚衣局のあの人ね」

「ちょっと、やめてよ！　そんなんじゃないから！」

他の侍女たちが、きゃっきゃと騒ぐ。人だろうと妖怪だろうと、この辺の感じは変わらないらしい。

「こら。胡仙妃をお助けする立場のお前たちが、逆にお仕事を増やしてどうする」

北風が、侍女たちを叱りつける。

「まあまあ。陛下はわたしに『宮女の悩みも聞いてやれ』的なことを仰りました。色々聞いてくれた方がいいんですよ。わたし自身、楽しいですし」

月麗は侍女たちをかばった。ちなみに「楽しいですし」には続きがあったりする。このまま胡仙妃の後宮占い店が繁盛すれば、地獄の歩き方特訓をやっている暇もなくなるという作戦でもあるのだ。ふっ。自分の深慮遠謀が怖い。

「と見せかけて、内心では『このまま胡仙妃の後宮占い店が繁盛すれば、地獄の歩き方特訓をやっている暇もなくなるという作戦でもあるのだ。ふっ。自分の深慮遠謀が怖い』などと考えておいでですね」

北風が、目を細めてきた。

「鋭すぎませんか姐姐」

震え上がる月麗である。一字一句完璧に読み切られている。

「そのくらいお見通しです。あと姐姐ではありません。わたしは蘇輔仙です」

「灰仙妃から種をもらったんですよ。もう少し優しくしてくれてもよくないですか」

月麗がそう言うと、北風はむーと腕を組んだ。

「確かにお見事です。しかし、それはそれ。これはこれです。『譲種』した種は、取り返すことができますしね。まだまだ油断はならないのです」

ぎい、と。北風のお小言を遮るようにして、扉の開く音がした。

「貴方は」

入ってきた相手を見て、月麗は思わず立ち上がる。

「玉青さん！」

そう、玉青である。今日は槍を持っておらず、手ぶらだ。

「あの、その」

玉青は、扉のところに立ったままで辺りをきょろきょろする。

「ようこそようこそ。来てくれて嬉しいです」

――あの時。月麗は玉青に、「何かあったらいつでも大有殿に来てほしい」と伝えてあった。少しでも、力になれればと思ってのことだ。

「さあ、中へ――」

「お待ちください」

玉青に近づこうとして、月麗は押しとどめられた。

「林玉青。黄仙宮の侍女だな。何をしにきた」

北風である。その瞳には、鋭い光が宿っている。

「いえ、いえ、わたしは」

玉青は分かりやすく萎縮する。その気持ちはよく分かる月麗である。怖いよね。

「また今度にしてもらったらどうですか？　そのまま二度と来なくても全く問題ないですけど」

そう言ったのは麻姑だ。今まで見たことがないほどに、殺気立っている。

「こんな時間に来なくてもいいのに」

「掃除中だっての」

他の侍女たちが、玉青に聞こえる程度の小声で言う。皆、ひどくとげとげしい。

「もー、みんな待って！　待って！」

月麗はじたばたした。

○黄仙宮侍女、林玉青来る。その憂患するところを語る。
「あの、本当にいいんでしょうか？」

玉青が、おそるおそる訊ねてきた。

「ええ。勿論ですよ。お茶、どうぞ」

月麗は、机の上のお茶をすすめた。北風が、しぶしぶ淹れてくれたものだ。

大有殿には、月麗と玉青の二人きりである。占いは占ってほしい相手と二人で、というのが月麗のやり方だし、敵意丸出しの侍女たちがいては玉青も話せないだろう。

「ごめんなさいね。みんな、普段は優しいんですけど」

元々それぞれの宮は互いに仲良くないだろうし、つい昨日毒を盛ってきた黄仙宮の侍女とあっては余計に厳しいのだろう。

「謝らないでください。わたしが来たのが悪いんです。ごめんなさい」

玉青が、何度も頭を下げる。見ていて、痛ましい。

――人間は、叱責されてばかりいると自分を責めるようになる。お前が悪い、反省しろという言葉は、かけられ続けると呪いになる。自分は周囲に迷惑をかけることしかできない存在なのだと思い込むようになり、あらゆる失敗が全部自分のせいだと決めつけるようになる。そうする方が、楽になってしまうのだ。

「そんなことないですよ」

月麗は、立ち上がると手を伸ばした。両手で、玉青の一方の手を包み込む。玉青の柔らかい香りが、鼻をくすぐるのを感じる。

「玉青さんは、悪くないです」

月麗は、ぎゅっと手に力を入れる。

玉青はぽかんとした。少ししてから、俯き気味に微笑む。

「ありがとう、ございます。嬉しいです」

明るい言葉に、月麗はほっとする。口にする言葉に、人は方向付けられる。自分は駄目な人間だ、とばかり言っていると本当に駄目になっていく。逆に前向きな言葉を口にしていると、少しだけ前向きになれる。優しい言葉を口にしていると、少しずつ優しくなれる。

「胡仙妃は、優しいですね」

「二人の時は『月麗』でいいですよ。別にわたしが特別優しいわけじゃないです。黄仙宮が厳しすぎるんですよ。ほとんどいびりじゃないですか」

少しばかり、悪口を言ってみる。陰口だが、玉青には必要だろう。不満を言葉にし、しっかり形にするのだ。さもないと心はその不満と一つになってしまい、不満の重さに引っ張られてどんどん形を歪めていってしまう。

「確かにわたしは、つらく当たられてるかもしれません。でも、わたしだけじゃないんです。輔仙でも誰でも、失敗があれば強く怒られるし反省するよう言われます。黄仙妃も同じです。周囲だけじゃなくて、自分にも厳しい」

玉青が言った。つらさを言葉にしつつも、詰ることはしない。呪いのせいかもしれないし、元々誰かを悪く言わない人間なのかもしれない。

「お妃の宮というより武将の陣営って感じですね。みんな『皇后を目指すことこそ女子の本分。ここは戦場なのだから、一瞬の油断も許されない』みたいなノリで」

そのぼやき方に、どこかおかしみが漂う。月麗は、本来の彼女の姿を垣間見たような気がした。本当は、冗談を言って笑い飛ばす人なのかもしれない。

「そうなんですね」

しかし、と月麗は思う。士気が旺盛なのはどの宮も同じだが、その由来するところはそれぞれ違っているらしい。「天下取り」そのものに重きを置く黄仙宮、一族の名誉を背負う胡仙宮、そして帝への想いを大切にする灰仙宮――

「あの」

帝への想い、という言葉が、月麗を変な気持ちにしかけた。あの時の、正体の知れない後悔が蘇る。月麗は慌てて話しかける。何か話していないと、よくない気がする。

「はい？」

玉青が聞き返してきた。はいと言われても困る。何か話していないととは思ったが、具体的な話題は何一つ用意していない。

「その、つらくなかったですか？　一人で」

結局、いきなり踏み込んだ質問をしてしまった。しまったと後悔する。折角ほぐれてきたのに、また暗い方向に話を転がしてしまう。

「天にも見放されたような状況で、よく頑張れたなあって。わたし、尊敬しちゃって」

褒めることで、流れを変えようとする。しかし、その必要はなかった。玉青は、落ち込まなかったのだ。

「変に期待しないのが、コツなんです」

玉青の目に、今までと違う色が浮かぶ。

「天に思いやりなんてないです。困っていても助けてくれません。わたしたちは、藁で作った犬の人形みたいなもの。凄く脆いし、無力。そんな現実を、受け入れるんですよ」

悲観、とは違う。もっと積極的で、能動的なあり方だ。

「そもそも、生まれる前は何も無かったわけじゃないですか。それがたまたま形になって、今こうして生きてるだけのことなんです。いつかは死んで、また何も無い状態に戻るだけのことなんです」

それは、はっきりとした――諦観。

「期待しないでいると、つらいことはやり過ごせるようになりますし、嬉しいことは余計に嬉しく感じられるんです。胡仙妃と二人になって、こっちに来てから初めて泣いちゃいましたよ。すごく嬉しくて。ね？　期待しないからこそなんです」

玉青の声は、からりとしている。現実から目を逸らすために、捨て鉢に振る舞っているのではない。心の底から、現実に見切りを付けているようだ。

「あの――」

何か言葉をかけようとして、月麗は失敗した。彼女の「コツ」は——理解できる。師が死の床に伏した時、月麗は天に憤った。世を良くしようと取り組み続けた師が、遂に受け入れられず志半ばにして倒れたことに。家族を失った月麗が、今また母と慕う師を失うことに。抑えようのない、怒りを覚えたのだ。

だから、天に仁愛を期待しないという考え方を否定できない。心のどこかが、頷く。

「胡仙妃は——月麗さんはどうして生贄に？　山の近くにお住まいじゃないですよね」

黙り込む月麗に、玉青が訊ねてきた。彼女には、本名を教えている。

「わたしは旅の占筮者で。権力者の不興を買ってしまい、生贄にされました」

隠すことでもないので、月麗は素直に話した。

「ああ、そうだったんですね。ひどい話ですね」

玉青が、同情するように眉間に皺を寄せた。

「でも、それって。あの時やっていた占いは、やっぱり本物の占筮だったんですね」

そして、納得したようにうんうんと頷く。

「ええ、そうです。本物らしく見えてましたか？」

冗談めかして聞いてみると、玉青は目を見開いて首を縦に振る。

「勿論！　凄かったですよー。正直、占いをするまでは何かと不安そうで落ち着かなげに見えましたけど、ひとたび筮竹を手に取ると別人みたいになって」

玉青が、身振り手振りを加えて一生懸命説明してくれる。

「それは良かったです」

えへ、と照れを笑いに転化する。褒められると、何だか少し面映ゆい。

「今日はよく褒められる日です。灰仙妃を占った時といい、今回といい」

「灰仙妃が、来たんですか？」

玉青が、目をぱちくりさせる。

「そうなんです。占いをお願いされて——あ」

そこで月麗は、やるべきことを思い出した。

「すいません、一度帰ります。灰仙妃から種を頂いたので、どこかにしまわなくちゃ」

「そうなんですか？　すごいじゃないですか！」

玉青が手を叩く。灰仙宮と胡仙宮の間で種がやり取りされようと、そこまで関係ないはずなのだが、我がことのように喜んでくれている。

「あ、注意してくださいね。ちゃんと隠してますか？」

「いえ、今は。やっぱり隠しておかないと取られたりするんでしょうか？」

そう訊ねてみる。灰仙宮でものが盗まれた、とは話さない。灰仙妃との約束だからだ。

「はい。——その、わたしも実はそうすることがあります。種はまだですけど」

言いにくそうに、玉青が言う。

「わたし、家が代々の猟師で。気づかれずに移動するのとか得意なんです。それを知った黄仙妃に、『他の宮のものを盗んでこい』って命令されることがあって。夜にこっそり出歩いて、色々とったりしてるんです」

どきり、として、月麗は玉青を見る。

「わたし、灰仙妃のものを盗んだことがあるんです」

玉青は、申し訳なさそうに俯いていた。

「盗んでから、申し訳なくなって。黄仙妃には上手く行かなかったってことにして、手元に置いてます」

懐から、玉青が金色の髪飾りを取り出した。眩く、美しく、どこか可愛らしい。灰仙妃自身の印象と重なる。きっと彼女の髪に映えることだろう。

「わたしがそうしていること、黙っててくれますか。逃げる前には、返しますので」

髪飾りをしまい直すと、玉青はそう頼んできた。

「はい。約束します」

灰仙妃を占った時の答えを思い出す。既済——既に済んでいる。返ってくると決まっている。追わなくても、七日以内に返ってくる。ぴたりと当たっている。

——しかし、それは。七日以内に、彼女は逃げ出すつもりでいるということにもなる。

勿論、「七日」という言葉を本当に七日と解釈する必要はない。しかし、月麗にはそうであるように思えた。

「しかし、種の扱いは気をつけないとですね。逃げ出すからといって、雑に扱っていると怪しまれるでしょうし」

玉青が呟く。逃げ出すことを考える時の玉青は、生き生きしている。

「隠し場所は、種を撒くための花室がいいかもです。あそこには、普段誰も近づきませんから」

「ええ、分かりました」

月麗の返事は、反対にどこか浮かないものになってしまった。

花室は、胡仙宮の一番奥にあった。奥に行くにつれて狭まっていく、変わった造りの部屋だ。普段月麗が寝起きしている部屋ほどのやたらめったらな広さではないが、それでも結構なゆとりを持って作られている。

そんな造りと並んで印象に残るのは、壁である。向こう側が透けて見える、不思議な素材で作られているのだ。玻璃──西方の言葉で言うなら硝子──だろうか。しかし、月麗の知るどんな玻璃よりも透明で、よく見ないと壁があると分からないほどだ。それだけ透明であるのに、軽く叩いてみると頑丈な感触が返ってくる。

壁が通り抜けさせるのは、勿論向こう側の光景だけではない。西に沈み始めた日の光も、しっかりと差し込んでいる。これだけ日当たりがよければ、きっと室内でも花はすくすくと育つことだろう。

部屋の中央には、花壇がある。煉瓦(れんが)で区切られ、土が敷かれている。ここに種を蒔(ま)き、花を育てろということなのだろう。近くには、水をやるための桶(おけ)なども置いてある。

――胡仙宮に帰ってきたところで北風と出くわし、月麗は花室の場所を訊ねてみた。北風は特に訝(いぶか)しむこともなく、この場所を教えてくれた。

月麗は、小さな箱を取り出す。北風から受け取ったものだ。中に入っているのは、胡仙宮の種だ。赤色で、可愛らしい形をしている。灰仙妃からもらったものも、入れてある。

種を管理したいという月麗に、北風は「遂に自覚が芽生えられたのですね」と喜んでいた。そういうわけでもないのだが、と思い返していると、背後で物音がした。

「な、なに?」

驚いて振り返る。

「――って、貴方(あなた)は」

そこにいたのは、あの黒毛のもふ猫だった。何やらふて腐れた表情で、尻尾をぱたんぱたんと左右の床に叩きつけている。

「もう、びっくりさせないでよね」

月麗は、しゃがみ込んでもふ猫に抗議する。神出鬼没、油断ならないもふもふである。

もふ猫はふいっと目を逸らすと、そのまま部屋の壁へ向かって歩き出した。丁度、花壇から真東側辺りの位置だ。随分と気まぐれである。

「あ、ちょっと」

猫は真っ直ぐ壁へと歩いている。まさか、壁があると気づいていないのだろうか。

「危ないよ、そこには壁が――」

呼び止めかけて、月麗は絶句する。猫は消えたのだ。まるでかき消えるように、あるいは飲み込まれるように。

「――どういう、こと？」

幻でも見たのだろうか。茫然と月麗が立ちつくしていると、もふ猫は再び姿を現した。

ただし、体の前半分のみである。

「ひゃっ！」

悲鳴が出た。猫を真っ二つにしたような、何とも不気味な見た目だ。

月麗に、猫はにゃあと呼びかける。ついてこい、と言っているかのようだ。

「え？　でも、わたし」

月麗がおろおろしていると、もふ猫はふいっと目を逸らし、再び消えてしまった。

「また！」

幻でも何でもなく、現実に猫は半分消えたり全部消えたりしているようだ。

「うー、困ったなあ」

もふ猫は、消えたまま現れない。ついていくべきだろうか。でも怖い。でも、もふ猫は何か大切なことを伝えようとしている気がする——

「もー！」

やけっぱちな声を上げると、ほとんど体当たりする勢いで突進する。

——まさに壁に激突するか、というその瞬間。

——周囲の世界が、入れ替わった。

風が、強く吹き付ける。服の裾が波打ち、特髻の髪が広がる。

「へ？」

あまりのことに、状況が把握できない。ただ、辺りをひたすらきょろきょろ見回す。

とりあえず、屋外である。ひどく見晴らしのいい、どこかである。それは分かる。しかし、具体的にどこにいるのか、というのがまったく摑めない。

凄く現実感のある夢から覚めた時、自分がどこにいるのか分からなくなることがある。あの感じに似ている。それまでの夢から現実に帰ってくるか、それまでの現実からどこかへ飛ばされるか、向きが正反対なだけで。

やがて、徐々に月麗は辺りの状況を把握し始めた。山道の途中、丁度尾根にかかる辺りにいるようだ。

　山頂を見上げると、山は木に埋もれている。目の前の山道も、森に吸い込まれていく。しかし、月麗の立っている辺りは切り拓かれていて、視界を遮るものはない。なので、一望できるのだ。——眼下に広がる、境世を。

「すごい」

　まず見えるのは、城壁で囲まれた街である。おそらくは、これが邽だろう。

　城壁は牢固たる姿を誇っていた。上から見ることで、その厚みもよく分かる。四隅には監視台らしきものが設けられているし、城壁自体にも様々な工夫が施されている。明らかに、戦うための構造だ。

　東西南北には城門があり、それぞれの門の上には立派な楼台が備わっている。実に豪華なものだ。

「中も、すごいなあ」

　城壁の内部は、大変賑やかである。大袈裟にいえば、殷賑を極めるというやつだ。

　縦横に大路が走り、碁盤状に区画されている。建物は隙間なく密集し、そこに沢山の住民がいることを伝えてくる。あちらこちらから沢山煙が上がっているのは、火事ではなく夕食の炊事の煙だろう。

　中央を見ると、そこだけが碁盤とは異なっている。円形の城壁が、外と中を隔てているのだ。いわゆる内城である。

内城の中は、一筆で書ける五芒星の形に区切られている。中央の五角形部分が、帝の殿などがある宮城区域。そしてその五角形に繋がる一つ一つの三角形が、妃の宮なのだろう。

月麗は、花室のことを思い出し納得する。不思議な間取りをしていたあの部屋は、三角の形の丁度先端部分だったのだ。

「いや、待った待った」

納得している場合ではない。遥かに望むあの星形の辺りから、月麗は一瞬でここに移動してきたということになる。納得以前に理解ができない。この場とあの場を直接繋ぐ抜け道のようなものがあって、そこを通ってきたということなのか。

背後から、猫の鳴き声がした。振り返ると、もふ猫がいた。やっときたか、と言わんばかりの顔をしている。

「もう、びっくりしたんだからね」

怒る月麗に、猫は尻尾で一方を指し示した。月麗が見ているのと、丁度反対側だ。

そちらを見ると、木々が鬱蒼と茂っている。そして、不思議なことに雲がかかっていた。

雲より高い位置にいる、というわけでもないのに。

「――そうか」

月麗は把握する。おそらくは明世へと繋がっているのだ。彼方と此方では、世界としてそれほどの隔絶があるのだろう。

「まさか――逃げ出す道を教えてくれたの？」

月麗は、もふ猫に訊ねる。もふ猫は答えず、前足を舐めて顔を洗い始めた。やることはやった、とでも言いたげな様子だ。

――何となく、分かった。もふ猫は、ここの住民なのだ。月麗が子供の頃には、何らかの理由でしばらくあちらにいただけで、本当はこの世界で生まれ育った存在なのだ。

「ありがとう」

月麗はお礼を言う。猫は顔を洗うのを止め、また再開する。今度は、前よりも少し乱暴だ。無愛想だが、月麗のことを気遣っているのだろうことは伝わってきた。

ともあれ。これで、脱出する道は分かった。もし逃げ出すなら、一旦戻ってから――猫が半分戻ってきたりしていたから、同じようにまたあの花室へ戻れるはずだ。後は、準備をすればいい。玉青にも伝えて、頃合いを見てこの経路で逃げ出すのだ。

しかし、月麗は考え込んだまま何もできずにいた。やはり、迷っている。決断を、下せずにいる。何かが後ろ髪を引く。誰かが袂を摑んでくる――

「――えっ？」

訪れるのは、いつも唐突だ。唐突に、月麗は未来を観てしまう。

今回、月麗に観(しめ)されるのは。

眼前の都市を呑(の)み込む、悲劇。

堅牢(けんろう)を誇る城壁が、突き破られている。街は、紅蓮(ぐれん)の炎(ほのお)に包まれている。建物は何か巨大なものに踏み荒らされたかの如(ごと)く押し潰され、住民たちが路傍に倒れ伏している。

住民たちは、様々な姿をしている。人の形をした者もいれば、見るからに妖怪という者もいる。驚くほどに多様だが、しかし一つだけ共通していることがある。ぴくりとも、動かないでいる。一様に——死んでいる。

破壊は宮城や後宮にも広がっている。建物は崩れ去り、至る所に死者が倒れ伏している。

その中には、見知った顔もいる。麻姑がいる、北風がいる、龍がいる。灰仙妃や黄仙妃もいる。

「何もかも、俺のせいだ」

そんな宮城に、帝もいた。

「俺はやはり、化け物なのだ」

ただひとりで、立ち尽くしていた。

「許してくれ、みんな」

帝の言葉に応える者は、誰もいなかった。

そして、月麗は戻った。

悲劇から、現実へと。


「──は、あ」

目の前には賑わう邽都がある。夕食時を迎え、平和そのものだ。──まだ、今は。

全身から、脂汗とも冷や汗ともつかないものが滲み出ている。息が乱れている。胸が、異様な速さで拍動している。

もふ猫が、なあと鳴いた。見やると、心配そうに月麗を見上げている。

「ごめんね」

しゃがみ込み、もふ猫を撫でる。撫でるだけでは我慢できず、抱えて抱き締める。

──何らかの理由で、この邽都は滅びる。みな、死んでしまう。帝だけを、残して。

「どう、しよう」

月麗は呟く。

──見て見ぬ振りをして、逃げればいい。そう囁く声がある。どう考えても、月麗の手に余る事態である。未来は、確かに変えられる。しかし、思うままに操れるわけではない。観えるだけで、変える手段は分からないのだ。無理をすれば、きっと月麗まで巻き込まれるだろう。逃げるのが、一番安全だ。

――それでいいのか、と問いただす声もある。何もしなければ、悲劇が起こるのだ。賑やかな街は炎の中に朽ち、さっきまで笑っていたみんなが物言わぬ骸になってしまう。本当に、それでいいのか。

どうしよう。月麗は、苦悩する。

決められない時、月麗は師の言葉をたぐることにしていた。心に刻んだ師の教えを、耳に響く師の声を、瞼に浮かぶ師の姿を道しるべに、難しい場面を乗り切ってきた。

しかし、今回に限って師の姿が見えない。声が聞こえない。教えを蘇らせられない。

頭をいっぱいにするのは、境世で会ったみんなの姿、そして――帝の姿だ。

考えていることが分かりづらいけれど、いつも真面目で。月麗を喰らうつもりでいるはずなのに、とても優しくて。そんな、彼の姿だ。

その彼の姿と、観た未来の彼の姿が、重なる。

「わたし、戻るわ」

その瞬間、言葉が月麗の口を突いて出た。

「うん、戻る」

口にする言葉に、人は方向付けられる。月麗が口にした「戻る」という言葉が、月麗の決意を固める。

悲劇が訪れると知っているのは、月麗だけだ。ならば、それを止められるのも——月麗だけだ。

「戻るわ。胡仙宮に」

もふ猫は、弾かれたように顔を上げた。尻尾がばったんばったん動いている。何言ってるんだお前と言わんばかりだ。

「何ができるかは分からない」

そんなもふ猫に、月麗は己の決意を語る。

「でも、胡仙宮のみんなを見捨てたくない。他の妃だってそう。黄仙妃だって、ひどい目に遭ってほしくない。帝も——幸せでいてほしい」

それまで尻尾をぱたぱたさせていたもふ猫が、動きを止めた。身じろぎもせず、月麗を見上げてくる。

「絶対楽じゃないって分かってる。でもね、吉と出ていても受けられないことがある。凶と分かっていても避けたくない時がある。そういうものなの」

などと大見得を切っては見たものの、すぐさま名案が浮かぶわけでもなかった。

「うーん」

自分の部屋の寝台でばいんばいん弾みながら、月麗は悩む。断片的すぎて、取り組み方が思い浮かばない。

最も単純なやり方は、未来を観たと言って回ってみんなで対策を考えることだ。しかし、これは単純なだけでおそらく効果的ではない。

経験論だが、観た未来をそのまま伝えても中々上手くいかない。皆、未来を具体的に知ることに慣れていないのだ。気にしすぎて、かえって事態を悪化させてしまう。占って、その結果を検討して理解するくらいが丁度いいのである。──占い。

「占ってみるかな」

相手が幸せを見つけるための手がかりを、これまで月麗は占筮を通じて渡してきた。その中には、不幸を避けるための糸口という形のものもあった。

最後は相手次第だ。そもそもの切っ掛けとなったあの有力者のように、受け取ることを拒む人もいた。しかし、逆に道標としてもらえたこともある。天が押しつけてくる不幸の波を、月麗の占筮を生かして泳ぎきってくれた人だっていたのだ。天命を自ら切り拓き、幸せを己から求める。それができる相手には、月麗の占筮は未来を指し示す。

帝は、どうだろうか。目を閉じて、月麗の瞼の裏に、彼の姿が蘇る。耳の奥に、彼の声が響く。

「──よし」

月麗は頷き、寝台から立ち上がった。届く。そう、月麗は思った。占う意味は、きっとある。

ただ、工夫は必要だろう。帝の未来については、数字を言ってもらう心易法で既に一度占っている。この短い間隔でまた占っては、同じことを繰り返し占ってはならないという禁忌に触れてしまう。

しばし考え、違う聞き方を思いついた。帝と自分が、このままではどうなるか。自分は帝のために、どうすればいいのか。そういう方向性で聞いてみるのだ。ちょっと苦しいが、やってみる価値はあるだろう。

月麗は占筮の準備をし、決然と筮竹を取った。

今回は、丁寧に占うことに決めた。六回捌く手法である。普段の倍の手間がかかるし、精神的にもくたびれる。だがその分、より細かく占うことができるのだ。

――蒙、数字なし。

――初筮には告ぐ。再三すれば瀆る。

「ええ」

月麗は当惑した。

蒙とは、無知蒙昧と言う時の蒙だ。物事を知らず、愚かという意味がある。要するに、バカだなあと言われてしまったのだ。

また、最初の問いには答えるが、同じことを何度も聞いてはダメだとも言われている。

「むむむ」

前者については、まあ分かる。思い当たる節が沢山ある。問題は後者である。月麗は、同じ問いを繰り返してなどはいない。他にも色々と読み解くための言葉はあるが、どれも上手く答えに繋がらない。

「何で？」

月麗は頭を抱える。聞き直し方がいけなかったのか。見落としている何かがあるのか。それとも、あるべき解釈に辿り着いていないのか。焦るばかりで、答えが見出せない。自分の未熟さが口惜しい――

「胡仙妃、胡仙妃！　よろしゅうございますか！」

いきなり、甲高い声が響いた。宦官の声だ。

「失礼致しま――あぁっ」

宦官が、文字通りころころ転がり込んできた。どうやらけつまずいたらしい。可愛すぎる。月麗は駆け寄り、転がる宦官を受け止める。

「どうしたの？」

月麗の問いに、宦官は手足をぱたぱたさせた。

「陛下のお召しにございます。胡仙宮に属する者は、今すぐ参上するようにと！」

光翼(こうよく)殿は、とても大きな建物だった。その名の通り、前後よりも左右に広がっている。いくつもの柱がまさしく林立し、天井を支えている。柱にも、床にも天井にも複雑精緻な細工が施され、大変美しい。

光翼殿の奥の空間は、数段高くなっている。そこには、透かし彫りの背もたれを持つ大きな椅子が置かれていた。玉座である。

その玉座の前に、月麗たちは居並んでいた。月麗が一番前。その少し後ろに北風。北風の後ろに侍女たち。侍女たちの後ろに宦官たちという順番である。

「帝のお出ましにございます」

宦官が現れ、一同に呼びかけた。ほどなくして、帝が玉座の後ろから姿を現す。

身に纏(まと)っているのは、龍の縫い取りがついた豪奢(ごうしゃ)な服——袞龍(こんりょう)だ。頭には、冕冠(べんかん)を被(かぶ)っている。皇帝の冠と聞くと誰もが思い浮かべる、玉を貫いた糸を沢山垂らしているあれだ。いかにも「帝」といった感じの装いである。

などと考えていると、月麗を除くその場の全員が膝を突いて拱手(きょうしゅ)した。慌てて月麗もそれに合わせる。

「礼を免ず」

帝がそう言い、月麗を除くその場の全員が拱手を解き立ち上がった。慌てて月麗もそれに合わせる。ちゃんとなさいませという北風の視線を感じる。ごめんなさいませ。

「よく集まってくれた。これで胡仙宮は全員か」

玉座に腰掛けると、帝が言った。

「はい。侍女、宦官に至るまで、欠ける者なく参上しております」

北風が、滑らかにそう答える。受け答えは、特に名指しされない限り北風が行うと事前に打ち合わせていた。

「善哉(よきかな)」

北風の答えに頷くと、帝は背筋を伸ばす。

「俺は愛を知った」

厳かに、帝はそう告げた。

「まったく知らなかったわけではないが、今日、つい先程、愛の何たるかを学んだ。大切に思っている相手から大切に思われることが、幸せになってほしいと願われることが幸せだと、そう知った。それまでは大切な相手を遠ざけることが一番相手の幸せになることだと思っていたが、誤りだった。大切な相手とは、一緒にいたい。幸せな姿を、一番近くで見たいのだ」

月麗は啞然とする。突然何を言い出すのだ、この帝は。

「そ、それはまことに」

北風が言った。まことに何なのか分からないが、北風自身分からないのだろう。

「教えてくれたのは誰か」

そこで言葉を切ると、帝は月麗を見つめてきた。

「胡仙妃である」

光翼殿はしんと静まりかえった。誰も口を開かない。何を言っていいのか、見当もつかないのだろう。何を隠そう月麗も同じだ。え？　え？　陛下は、何を言ってるの？

「そして同時に、自分の胸の内にずっと渦巻いていた感情に名付けることができた」

「それは、まことに」

北風が繰り返す。

「その感情とは何か」

絞り出すように、帝は言った。

「嫉妬である」

最早、光翼殿に帝の言葉以外の音は存在していなかった。まるで、帝の周辺以外時が止まってしまったかのようだ。帝の言葉が途切れる度に、圧倒的な静寂に包まれる。針が落ちる小さな音さえ、聴き取れるかもしれない。

「よって、これより俺を嫉妬に狂わせた者を厳しく譴責し、その罪を明らかにする」

愛を語ったと思ったら、帝は厳正なる判事へと変貌した。あまりに唐突すぎる。

「たとえばお前だ。袁麻姑」

判事が、罪人を指名する。

「ひええぇ」

麻姑は悲鳴を上げて平伏した。

「お前の非をこれより鳴らす。心して聞くがよい」

帝が麻姑を責め立てる。麻姑は真っ青になり、顔を上げることもできない。

「お前はできたての蒸餅を胡仙妃の元に持っていき、妃の心を誘惑した。そして仲良く時間を過ごした。何と罪深いことを」

帝は、拳を握り体を震わせる。己の内で吹き荒れる激しい感情を堪えているようだ。

「それが羨ましいというのもあり、朕は胡仙妃との宴の場を設けた。そうしたらどうだ。妃同士で牽制し合ったり、毒が盛られたり。食事を楽しむどころではなかった。このつらさが分かるか」

「まことに、まことに申し訳ございません」

麻姑はおろおろとする。

「蒸餅がお好きなのでしたら、今後よく蒸し上がったものを選び献上いたします」

麻姑の言葉に、帝は首を横に振る。

「そうではない。俺が好きなのは胡仙妃だ」

やや間を置いてから、遂に呪縛が解けた。──悲鳴が、巻き起こったのだ。

「うそ！」

「聞いた今の！」

「帝が愛を告白したー！」

侍女たちが、きゃあきゃあと騒ぐ。玉座についた主君を前にして、この反応。本来手打ちにされても文句も言えない。しかし今の帝は、妃の侍女に向かって「仲良くしていて羨ましい」とか文句を言っているような有様だ。多分大丈夫だろう。

いや、いや、いや。大丈夫じゃないでしょ。今、帝は何て？

「わたしのことが、すき？」

月麗は、ぽかんとする。

光翼殿は、今や混沌の坩堝だった。騒ぐ者、月麗のように放心する者。反応は様々だ。

北風だけは、顔色一つ変えず臣下の礼を取っている。さすがというか何というか。

「誤解を招いたのなら改める。蒸餅も好きだ。胡仙妃の方をより好んでいるだけのことだ。

蒸餅に罪はない」

帝が、丁寧に補足する。陛下。みんなそういうことで騒いでいるわけではありません。

「宴で思い出した。蘇輔仙、お前もだ」

帝が、今度は北風を睨み据える。北風は、ははっと頭を下げた。

「身を挺して胡仙妃を守ったこと、大義であった。心から感謝している。しかし、嫉妬心は別だ。お前はその後で、背負われて去って行った。その上、常から修業と称し竹簡を頭に載せてじゃれ合ったりしている。羨ましい。嫉妬せずにはおれぬ」

帝の言葉に、北風はその場に平伏した。

「この身の罪の重さは、肌を刻むが如く骨を刻むが如し。本来は死をも免れぬところ、譴責に留めてくださった陛下の仁徳の広く深い様は、何物にもたとえることができません」

北風の態度は、あくまで礼儀に適っている。

そして礼儀に適った態度で、北風は道理に合わないことを言った。

「それではわたくしが帝に毒を盛って差し上げます故、胡仙妃におんぶされなさいませ」

「俺は胡仙妃におんぶされたいわけではない。俺はそこまで屈折していない。おんぶならしてやりたいと思っている」

滅茶苦茶な提案に、帝が真面目に答える。返答の内容自体は滅茶苦茶なので、釣り合いが取れているとも言える。

「宸襟を悩まし申し上げましたこと、恐懼おくところを知りませぬ。誠に惶れ、誠に恐れ、頓首頓首、死罪死罪」

　上奏文の結びみたいな言い回しで、北風が詫び入る。やはり明らかにおかしい。想像を絶する事態を前にして、北風の心の中で何かの糸が切れてしまったのかもしれない。

「それでは、冕冠をお取りになった上で、陛下も頭に竹簡を載せられるのはいかがでしょうか。胡仙妃と一緒に歩くという建前で、仲睦まじくお過ごしなさいませ」

北風が提案する。冕冠とは帝の権力の象徴である。それを脱げという言葉の意味を分かっているのだろうか。

「悪くはない提案だ。しかし、どちらかというと載せたい。沢山載せて困らせてみたい」

帝は機嫌を損ねた様子もなくそう応えた。何言ってんだこの人。

「さて。責めるべきは他にもいる。胡仙宮付きの宦官。お前たちもだ」

帝の矛先は宦官に向かった。侍女の後ろに並んでいた宦官たちが、一斉に動転する。

「そのもふもふで妃の心を惑わしおって。目の色を変えてはしゃぐ胡仙妃をおおらかに受け止めねばならぬ俺の苦衷、察したことが一度でもあるのか」

「申し訳ございません！」

「何卒お許しを！」

　宦官たちは恐慌を来した。両手をばたばたさせながら行ったり来たりする者、隣同士で抱き合い震える者。可愛いもふもふ大集合といった趣だ。とか言っている場合ではない。

「あの。あの」

月麗は、帝に話しかけた。

「何だ。俺はまだ責めるべきを責め終えておらぬ。次は廖軽霄だ」

「え、ええ！」

軽霄が真っ青になった。

「恋占いをしてもらいたい、などと言って楽しく過ごしていたそうだな。許さん。二度と占いを頼むな。占いを頼む権利は俺が独占する。——安心しろ、勿論見返りは用意する。惚れている相手は尚衣局の賈攸だろう。俺が媒酌を務めてやるから直ちに結婚しろ」

「わ、わ、わたしは」

真っ青になったばかりの軽霄が今度は真っ赤になった。無理やり感情を乱高下させられていて可哀想すぎる。

「陛下、陛下。お待ちください」

慌てて割り込む。すると、帝は眉間に皺を寄せた。

「そうか。胡仙妃のお気に入りは、軽霄であったか」

「違います！——いや、違いません。胡仙宮のみんなのことは、大好きです」

月麗は、懸命に訴える。

「違うっていうのはそうじゃなく、侍女も宦官も責めないであげてくださいって話です」

口調がめためたになっているが、なりふり構っていられない。

「わたしは妃のことをよく分かってなくて。あ、えーと、それは、わたしは今まで後宮のことに興味がなくてなんですけど。それで、色々――」

「もうその嘘はよい」

帝が、月麗の言葉を遮った。

「お前が本来の胡仙妃でないことも、正体が人間であることも俺は知っている」

「ああ」

北風が声を漏らした。顔は青くなるというのを通り越してほぼ真っ白だ。

「どうして、それを」

月麗も愕然とする。すべて知られていた。妃でないことも、人間であることも――

「――あっ」

ようやく意味が分かった。

「そういうことなんですね」

突然好きだとか、人間であることも分かっているとか、全部辻褄が合う。要するに、食欲なのだ。人間が肉が好きとか果物が好きだとか、そういう意味合いで好きなのだ。

「そういうことだ。正体のことは内緒にしておく。俺はお前と永く一緒にいたいのだ」

帝の言葉に、侍女たちがまた騒ぐ。誤解だ。要するに、占い大臣としてこき使いつつ、美味しく食べられるまで待つという話をしているのだ。

「その——寿命とか、違いすぎませんか？　多分」

月麗は言い逃れをひねり出す。よく知らないが、妖怪は人間よりも多分長生きなはずだ。

美味しく食べようと待っているうちに、月麗が寿命を迎えてしまうことも大いにあるだろう。

「大丈夫だ」

帝は真面目な顔で言う。

「皇族に伝わる秘術を用いれば、何百年も生きられるようになる。一度試してみるか？」

「生老病死の理をお試しでねじ曲げないでください！」

「何を仏僧のようなことを。俺は帝だ。白いものも俺が黒いと言えば黒くなる」

「突然暴君化しないでください！　後世に悪名を残したいのですか！」

「胡仙妃のためなら、後の世から何と言われようと知ったことではない」

突然口説かないでください！　とは言えなかった。言葉が出ない。逃げ道も何もない。

帝は玉座を立った。そして段差を降りて月麗のすぐ側まで近づき、耳元で囁いてくる。

「永遠の時を、俺と共に生きてみないか」

第五占　帝位を踏んで、やましくなければ

履は、柔が剛を履むなり。


帝、胡仙妃に懸想す。そんな噂が、暴風の如く後宮を吹き荒れた。

歴代の帝には、恋多き者も少なくなかった。それは詩となったり、あるいは大衆向けの物語として語られたりしている。しかし、たったひとりの妃にこれほどまで入れ込んだ例は、誰の頭にも思い浮かばなかった。

結果として、史官である著作郎の元に、問い合わせが殺到した。

「著作郎は『常からこれくらい歴史に興味を持ってほしい。そうすれば世はもっとよくなる』と仰っていました」

南国風の部屋で、黄仙宮の輔仙である紀祖猗が報告した。

「ふん。歴史の学者なんていうのは、物事に箔を付ける時に材料を持ってくればそれでいいのよ。歴史を学ぶ者も、歴史から学ぶ者も、ろくにいやしないんだから」

黄仙妃・黄小容は、苛立った口調でそう言った。足を組んで椅子に腰掛けている。

「史学やら文学やら詩作やらみたいな役に立たないことは、柳仙宮にやらせとけばいいの。やる必要のないことほど熱心にやるんだから、あそこは」

小容の言葉遣いは、普段よりも荒い。件の噂を耳にし、心中穏やかではないのだ。

「ちょっと、誰か。だるいの。ほぐしてちょうだい」

そう言うなり、小容は服をはだけた。玉のような肌を惜しげもなく晒しながら部屋を歩き、寝台の上にうつ伏せに寝転がる。寝台は、たとえば胡仙宮にあるような大きく豪華なものではなく、部屋の暑さに合わせて簡易で風通しのよいものになっている。

「あの、よろしければわたしが」

手を上げたのは、玉青だった。彼女もまた、ここでは薄い服を身に纏っている。その四肢はしっかりと鍛えられ、普段の地味な雰囲気とは違う均整の取れた美しさを感じさせる。服の隙間から覗く太腿など、大変健康的な筋肉が浮かんでいる。

「い、や、よ」

小容が、不快さを露わにした。玉青はしゅんと項垂れる。

「では、わたくしが」

祖猗が、寝台に歩み寄る。

「失礼いたしますね」

小容にまたがるような体勢になると、祖猗はその背中に親指を添え、押し始めた。

「ん──」

小容が、うっとりした顔つきになり、とろけるような息をつく。男女構わず魅了してしまうような悩ましさが、そこにはある。仙妃に選ばれるだけあって、官能的な魅力にも溢れているのだ。

「何とか、追い出さないと。使える手は、何でも使って。女狐に、思い知らせるのよ」

小容の艶めかしい唇から、呪詛のような言葉が零れ落ちる。

「そう、面白い毒を持った茸があるのよ。指先や鼻といった体の末端の部分が火傷のように腫れ上がって、焼けた鉄を押しつけられたような痛みを感じるの」

小容はとても楽しそうに、恐るべき毒の話をする。

「それなのに体温や脈は変わらない。死ぬことはなく、ただ痛みが一ヶ月も続くのよ。治療する術はなく、あまりの苦痛に自ら命を絶つのですって。あのタヌキみたいな顔の女狐は、どんな醜態を晒してくれるでしょうね」

「ここで毒を盛っては、黄仙宮がその後ろにいると疑われるのでは。調べられ、証拠でも出ようものなら一大事です」

玉青が、言葉を挟んだ。

「言われなくても分かってるわよ。わたしを誰だと思ってるの」

小容の声が、鋭く尖る。

「失礼しました」

玉青が俯く。祖猗は小さく鼻を鳴らし、小容の背中から肩甲骨の下辺りへと指を移動させる。

「ああ、いいわ」

再び小容が陶然とした。祖猗は、気の通り道である経絡やその要所である経穴に詳しい。鍼の一突きで命を奪うこともできれば、逆にこうして凝りや苛立ちをほぐすことも得意なのだ。

「――証拠、証拠か。この前使った季莘はダメね。あれは確かに冷やすと消えるけど、飲んだ者の体には長く残る。胡仙の輔仙も、まだまだ引きずるでしょう」

小容は独り言つ。

「やはり、鴆ね」

その目が、部屋の隅の鳥籠に向いた。鳥籠の中には、派手な色合いの鳥がいる。

「鴆、ですか？」

玉青が、そう訊ねた。

「明世の南の山中、奥深くに住む鳥よ。その羽根には毒があり、人間でも妖怪でも容易く死に至らしめる。この部屋が暑いのは、鴆を飼ってるからなのよ」

小容が答えた。毒の話をする時の小容は、いつでも楽しそうだ。普段なら冷淡に接する玉青相手にも、滑らかに舌が動く。

「鴆毒が伝説として語り継がれる所以は、痕跡が残らないから。使った者の姿を、決して明らかにしない。毒としての理想を実現している」

戦を論じる武将の如く、詩を評する文士の如く。黄仙宮の妃は、毒を語る。

「それほどまでに高度なものだと、やはり黄仙宮の行いとして断罪されるのでは？」

玉青の言葉に、小容は鼻を鳴らした。

「陛下に限ってそれはない。どんなに怪しくても、立証できなければ決してわたしを裁かない。裁けない。陛下はそういう方よ」

「そういう方」と断じる声には、嘲りと愛玩の響きが入り交じっている。

「この部屋は、黄仙宮の者以外存在を知らない。たとえ鴆の使用を疑われても、鴆毒を扱えるのが後宮にわたしだけであろうとも、ここが知られない限りわたしは無傷のまま」

「しかし、帝の心証はいかがでしょう。裁かずとも、黄仙宮をお嫌いになるのでは」

玉青が、疑問を口にする。

「争花叡覧にとって、当人たちの気持ちなんて何の価値もないの。どんなに愛し合っていても、逐宮に追い込まれたら結ばれない。どんなに憎しみ合っていても、妃が種を手に入れたなら結ばれなければならない」

小容の美しい瞳に、野心と欲望が揺らめく。

「わたし、分かるの。帝は芯から善良ではない。そうあろうと日々努力しているだけ。帝の中には獣がいる。おそらく、歴代の帝の中でも群を抜いて祖に近い」

　部屋の侍女たちに、緊張が走った。祖猗でさえ、一瞬手を止める。玉青だけが、不思議そうにした。

「他に帝たりえる者がいなかったからとはいえ、幽世も苦慮したことでしょうね。――いずれにせよ。それを程よく解き放てば、きっとわたしに溺れるわ。ああ、楽しみ」

　物欲しそうに、小容は唇を舐める。

「ただ、鴆毒は量の調整が難しいのよね。うっかりすれば死なせてしまうかもしれない。そこまでいくとさすがに色々と面倒になる。程よく苦しめて、挫けさせて退宮に追い込みたいのだけど」

「裏を返せば、調整さえ上手くいけば無理なく退宮に追い込めるということなのですね」

　玉青が、さらりとそう言った。

「それもそうね」

　それきり、小容は黙り込んだ。考えを巡らしているようだ。玉青もまた、それ以上口を開くことはなかった。

大有殿の扉が開いた。

「邪魔をするぞ」

入ってきたのは、帝だった。

「時間の太鼓が鳴る毎に現れないでください。政務が滞っていないか心配になります」

月麗がそう言うと、帝は顔をしかめた。

「心配しているのは俺の方だ。他の妃から陰湿な嫌がらせを受けていないか。人間であることがばれてしまってはいないか。地に穴が開いて落ちてはいないか。気が気でならぬ」

「前二つはともかく地面に穴って。そのうち空が落ちてこないか心配し始めそうですね」

月麗は、ふいっと顔を逸らす。何だか今は、ちょっと帝と話したくないのだ。

「──俺は、相手の心を察することがあまり得手ではない」

帝が、遠慮がちに口を開いた。

「だから断言はできないのだが、俺には胡仙妃が怒っているように見える」

「いいえ。違います」

「では体調が悪いのか。宦官を可愛がるあまり食べてしまい、腹を壊したのか」

「食べません！」

「宦官ではないなら蒸餅か。美味しさのあまり百個くらい食べてしまったのか」

「違います！──もう、分かりました」

月麗は説明することにした。このままでは食いしん坊妃にされてしまう。

「――急に」

目を逸らしたまま、月麗は胸の内を言葉にする。

「急に好きと、言われても。困ります」

あれから何日も経った。しかし、告白されて嬉しいとか、愛されて幸せとか、そういう気持ちにはまったくならない。実感ができないのだ。

それはもらったことのないもので、形も大きさも分からない。筆なら持てばいい。猫なら抱えればいい。鞄なら背負えばいい。では、好きという気持ちを渡されたなら、どうすればいいのだろう。いやまあ、食べ物としてなんだろうけど、それでも困るの。

「なぜだ。急ではなければよかったのか」

「そういうことではありません」

突然浴びせかけられたものを扱いかねているのは、事実だ。だからと言って、それらしい段階を踏んでさえいればよかったとも言い切れない。

「それでは――好き、でなければよかったのか」

帝の言葉に、月麗は弾かれたように向き直ってしまう。それは――それは。

帝は、月麗と目が合うなり僅かにたじろいだ。その様子を見て、月麗は更に狼狽える。

そのまま、二人とも何も言えなくなった。

──こん、こんと。気まずい空気に、扉を叩く音が割り込んだ。

帝はすたすた歩いていって、自ら扉を開ける。月麗が呼び止めようとする暇もない。月麗は自分であれこれしようとしては妃らしさに欠けると言われたものだが、帝からしてこれである。北風が見たらまた大混乱してしまうかもしれない。

「何用か」

帝が扉を開けながら声を掛ける。

「わあっ」

扉を叩いた誰かは、びっくり仰天した。無理もないことだと思う。

「も、申し訳ございません！」

その誰かというのは、玉青だった。平伏し、両手で何やら箱を捧げ持っている。

「玉青さん、どうしたんですか」

見下ろすのは何だか申し訳ないので、脇にしゃがみながら月麗はそう訊ねる。

「我が主より、胡仙妃に御進物を預かってまいりました」

平伏したまま、玉青が言った。月麗は帝を見上げる。このままでは話しにくそうです。

「礼を免ず。お前は黄仙宮の林玉青だったな」

ようやく察したか、帝がそう呼びかけた。

「はい。わたくしのような卑賤の者の名前を覚えて頂いているとは、まことに光栄です」

立ち上がりながら、玉青が言う。

「俺は、俺に仕える者全員の名と顔を記憶するよう心がけている。卑賤などと己を貶めるのはやめよ。皆大切な俺の臣下だ」

帝は、玉青の持った箱に目を向けた。

「それが、黄仙妃から胡仙妃への進物か」

実に豪華な箱である。表面は様々な模様で彩られ、黄金の細工が施されている。この箱そのものが贈り物だといっても十分通りそうだ。

「はい」

立ち上がった玉青が、月麗に箱を差し出してくる。

「帝のお心を摑まれたことを慶して、菓子をお送りしますとのことです。どうぞ」

圧迫感溢れる祝辞である。受け取る手に汗が滲む。中には何が入っているのか。開けた途端爆発したり、毒の煙が吹き出したりするかもしれない。怖いよう。

「それでは、わたくしめはこれにて失礼いたします。慌ただしくてすみません。ちょっと、手紙を届ける用事もありまして」

ぺこぺこすると、玉青は何か言いたげに月麗の方を見てきた。そして、そのまま去って行く。視線が凄く意味深だ。やっぱり、箱の中には何かヤバいものが入っているのでは。

「困りましたね」

机まで戻ると、月麗はその上に箱を置く。

「うむ。これは厄介だぞ」

帝が、月麗のすぐ横で頷(うなず)いた。どきりとして、ささっと距離を取る。

「毒入りかもしれないので、食べたくはない。かといって食べなければ、礼を失したことになる。毒が入っていないか調べても、やはり無礼となる。こういう『断れない申し出』で相手を追い詰めるのが、黄仙のお家芸だ」

お茶会の時と、手法が似ている。しかし、だからこそ不思議になる。

「敵対手段としての毒は、禁止されているのでは」

一応毒を入れる建前のあったお茶会の時とは違う。

今月麗に毒を盛れば、それはそのまま陰謀になるはずだ。

「ああ。もしその禁を破れば、黄仙妃は直ちに逐宮だ。だからこそ厄介なのだ」

そこまで言ってから、帝は自分の隣を見る。そして少し離れたところにいる月麗を見て、しょんぼりとする。月麗が距離を取ったことに気づいたらしい。まあ、誰かに離れられるのがぐさっとくるのは分かる。でも、今はちょっと待ってほしい。

「――厄介というのは、な」

帝が、悄然(しょうぜん)としながらも話を再開する。

「禁を破った報いの大きさが分からぬ黄仙妃ではない。よってこれは、禁を破らない形の仕掛けが施されていると見るべきなのだ。宴の時のやり方をあからさまに繰り返しているのも、絶対の自信があってのことだろう」

何と高度な嫌がらせか。もし来たばかりの月麗だったら、一も二もなく逃げ出したくなっているところだ。猫にあれこれ宣言して戻ってきたはいいが、難問また難問である。

「さて」

帝は、箱に手をかけた。まずは蓋を開け、ふむと頷く。

「爆発したり毒の煙が吹き出したりすることはないようだな」

「可能性はあったんですか！」

月麗は更に離れる。

「冗談だ。さすがの黄仙妃もそこまではすまい」

にこりともせずに帝が言った。緊迫感に満ちた戯れはやめてほしい。

「さて」

帝は続けて、箱の中から包みを取り出す。包みを開けると、お菓子が出てきた。

「乳糖獅子か」

帝が、獅子の形をしたお菓子を取り上げる。

「すごい」

思わず声が出る。乳糖獅子とは、糖蜜と牛乳を混ぜ、更に牛乳から作る牛酪を加えた上で煮溶かし、それから獅子の形に固めた飴菓子である。境世に来る前も食べたことはあるが、獅子の姿の精密さが段違いだ。

「食べるのが勿体ないくらい」

思わず近寄って、まじまじと眺める。白い獅子は、牙に至るまで見事に表現されている。食べるととろりと濃厚に甘そうで、毒の心配さえなければぱくりといくところだ。

「――はっ」

そして、帝に近寄ってしまったことに気づき思わず離れる。

「むむ。もっと見てもよいのだぞ。俺の近くで」

帝は不満そうにむくれた。ほれほれと乳糖獅子を差し出してくる。

「結構です」

月麗はぷいっと横を向いた。

「さて。胡仙の輔仙を見習って、俺が毒味しよう」

突然帝がそんなことを言った。

「冬至より前に作ったものは長持ちするが、今の時期だとすぐに虫が付く。食べるなら早いに越したことはないしな」

そして、乳糖獅子を躊躇いもなく口に放り込む。

「待ってください！」

月麗は仰天した。本来毒味をしてもらう側の帝が、する側に回っている。

「危険か、安全かで言うと」

帝は、きりっとした面持ちで月麗を見てくる。

「大変危険だな」

そしてその表情のまま、ばったり倒れ込んだ。

「きゃー！」

月麗は悲鳴を上げて帝に駆け寄る。

「陛下、陛下！　お気を確かに！」

何の毒なのか見当も付かない。知識があれば、手当くらいはできるのに。竹簡をもっと読み込んでおけばよかった。

「騒ぎにはするな。騒ぎを起こせば黄仙妃の思うつぼだ」

倒れたまま、帝は言う。

「外にいる宦官に、龍(りゅう)を——門下侍郎(もんかじろう)を呼ぶように言え。あと、典医もだ」

「お命に別状はございません」

典医も宦官だった。

「五臓六腑、いずれも正常でいらっしゃいます。境帝の血脈は概ね頑健にお生まれですが、今帝陛下もその例に漏れなさいませんな」

目の下、間隔でいうと鼻にあたる位置に黒いひげのようなものが生えている。お医者さんなので、ちょっと賢い感じになっているのだろうか。

帝は倒れたまま動かない。龍が持ってきてくれた煌びやかな布の上に、目を閉じて横たわっている。意識は典医が訪れる前に失われ、そのまま戻らないのだ。

帝の姿には、静的な美しさがあった。動かない故に揺るがない。永遠という言葉の意味を現出させたかのような、そんな均整がある。

「何の毒かは掴めたか？」

龍が、そう訊ねる。典医はうーんと腕組みをした。

「正直なところ、難しゅうございますな。恐れながら、御舌を拝見」

そして帝の口を開け、舌を引っ張り出して舌診する。寝ながら舌を出している帝の姿は、美しくかつ滑稽だ。しかし笑う気持ちにはなれない。

「帝のお体に何かが作用したのは間違いないのですが、その何かが掴めない。毒なら毒、呪いなら呪いと、その姿はどこかに現れるものなのですが」

帝の舌を口の中に戻すと、典医は体を傾けた。おそらく首を傾げるような仕草だろう。

「――証拠がないことが、証拠か」

龍が呟く。

「いかにも。おそらくは鴆でありましょう」

そんな典医の言葉に、月麗は驚いてしまった。鴆とは、古い時代の歴史書に出てくる毒を持つ鳥だ。時代が下ると登場しなくなるため、伝説の類かとばかり思っていた。

「鴆毒の扱いは大変難しいものです。迂闊に触れれば自らが毒に中る。よほど毒に習熟した者の所行でしょうな。――わたしから申し上げられるのは、ここまでです」

意味深なことを言って、典医は荷物をまとめる。さすが宮廷の典医を任せられるだけあって、腹芸も使えるようだ。

「それでは、わたくしはこれにて。本来は昼夜も分かたずおそばに侍るべきなのですが、帝はおそらくそれを望まれますまい」

「気遣い感謝する。帝にはしばらくここでお休み頂く。倒れられたことは内密に」

「かしこまりました。もし何かございましたら、またお声がけくださいませ」

拱手をすると、典医は大有殿から去って行った。

「――帝は、わたしの身代わりになってくださったのでしょうか」

典医がいなくなってから、月麗はぽつりと呟く。

「先程典医が申しました通り、帝のお体は頑丈です。これが最もよい選択肢だと判断されたのでしょう」

　そんな龍の言葉に、月麗は何も言えなくなって黙り込んだ。

「鴆毒に証拠が残らない以上、断罪するには拠り所となる何かが必要です」

　月麗に気遣わしげな目を向けつつ、龍は話を続ける。

「たとえば鴆を飼っている部屋を押さえる、あるいは鴆そのものを生きたまま捕らえるなどといった、明々白々なものです。

　しかしそれを押さえられるようなヘマを黄仙宮がするとは思えません。黄仙の一族が策謀を巡らすことは、鳥が空を飛び魚が海を泳ぐようなもの。万事手抜かりはありますまい」

　脳裏に、黄仙妃の姿が蘇る。一度ならず二度までも、彼女は月麗に毒を盛ってきた。たとえ争花叡覧という仕組み故のことであっても、それほどまでの敵意を誰かから向けられるのは、つらい。

「少し、外の空気を吸って来られてはどうですか」

　落ち込む月麗に、龍がそう提案してくれた。

「ありがとうございます。――でも、もし誰かに会ったら何と言えばいいか」

　しかし、月麗は躊躇う。帝のことを大っぴらにするわけにはいかないだろうが、かといって何事もなかったように振る舞うことも難しい。

「心配要りません。大有殿には、胡仙宮の侍女を含め誰も近づけないようにしています」

龍が、横たわる帝に目を落とす。

「帝が意識を取り戻されるのをお待ちしますが、時間がかかりそうなら一旦他の殿にお移しします。もしその様子を誰かに見られて、あらぬ誤解を招いてはそれこそ大事ですからね。邽境(けいきょう)は他境と比べればよく治まっていますが、一度火が付けば煙は立ちます」

「分かりました」

月麗は頷くと、扉まで歩く。

手を掛けたところで、帝を振り返る。帝は、動かずにそこに横たわったままだった。胸が――きゅっと痛む。

外に出ると、確かに月麗以外に誰もいなかった。

「うー」

辺りをうろうろと歩き始める。観た未来と、今の状況が繋(つな)がらない。関係があるのか、ないのかも判然としない。

もう少し冷静に考えれば、何か手がかりを見つけられるかもしれない。だが、難しい。

帝の姿がちらつく度に、気持ちが乱れる。

うろうろしているうちに、月麗は大有殿の裏手に回っていた。そういえば、裏から見るのは初めてかも知れない。

裏から見ても、やはり大有殿は派手で豪華だった。裏から見るという場面などほとんどないだろうに、大抵の建物の表よりも煌びやかに飾り立てられている。

「——ん？」

月麗は、小さな箱を見つけた。大有殿の壁に添えるようにして置かれている。箱の大きさは、半紙を四つ折りにした程度。色は、黄色を主調にしたものだ。とりあえず、箱の出身地は判明した。あそこだ。

月麗は恐れおののいた。箱の中には、恐るべき呪いの道具か何かが入っているのではないか。

速やかにその場から逃げだそうとして、月麗は思い直す。毒を贈ってから呪い殺すというのは、明らかに二度手間である。頭脳明晰（めいせき）で合理的だろう黄仙妃が、そんな無駄なことをするとも思えない。毒殺してから改めて呪殺したいくらい月麗を憎んでいるというなら話は別だが、さすがにそれはないだろう。ないよね？

おそるおそる、箱に近づく。先程の毒菓子入りの箱が金ぴかの豪華さだったのに対して、こちらはお洒落（しゃれ）だが過剰な装飾は施されていない。普段使いのものなのだろう。

手を伸ばし、引っ込め、また伸ばす。随分と躊躇ってから、遂（つい）に月麗は箱を手にした。

箱は軽かった。中に、何かが詰められているという様子もない。やはり呪われているわけではないようだ。

そこで、月麗は玉青のことを思い出した。玉青がしてきた目配せ。「手紙を届ける用事がある」という言葉。この箱はもしや、彼女が用意した伝言か何かなのではないか。

意を決して、月麗は箱を開ける。中には、折りたたまれた紙が入っていた。

取り出して、開いてみる。それは——何かの建物の図面だった。


「確かな証拠が挙がった」

重々しく告げたのは、刑部尚書の石厚堅だった。刑部尚書とは、刑獄と法を司る刑部という役所の長だそうだ。

鈍色の肌に、ゴツゴツと突き出した鼻や顎。歩く度に響く、ずしんずしんという足音。見るからに法の番人といった感じの、巌の如き厳めしさである。というか、心なしか本当に岩石であるかのようにも見える。

「胡仙妃。いかがなされたか」

月麗が岩か否か観察していると、厚堅に気づかれてしまった。

「いえ、別に。何もありません」

月麗は誤魔化す。まさか、貴方は岩でできているのですかと訊ねるわけにもいかない。

黄仙宮の前に、月麗たちはいた。初めて見る黄仙宮の外観は、華美な一方で豪奢に流れすぎず、建物としての風格を高く保っていた。

「証拠を掴まれたこと、感謝します」

厚堅が拱手をしてくる。手と手が合わさる時に、がきんと硬質な音がした。岩なのではという疑いが強まる。

「見取り図に示されていた隠し部屋で、鴆が飼われておりました。陛下が黄仙宮からの進物を口にされた途端気を失われたという胡仙妃のお言葉は、確かに裏付けられました」

――紙を手にした月麗は、すぐに龍に見せた。龍は描かれた見取り図が黄仙宮のものであると断じ、刑部に連絡。厚堅たちを動かし、電光石火の勢いで黄仙宮に踏み込んだ。黄仙宮の側でも、非常時を想定した証拠隠滅の手順はあったらしかった。しかしそれが実行される前に厚堅や龍たちは証拠を押さえ、今に至るのである。

「狙いは何であれ、黄仙宮は陛下に毒を――しかも鴆毒を奉った。厳しい裁きを覚悟しろ」

厚堅が、辺りを睥睨する。月麗も、その視線の先に目を向けた。

そこには、黄仙宮に属する者すべてが居並んでいた。皆後ろ手に縛められ、地面に跪いている。勿論、黄仙妃もだ。

毒を盛られかけたことへの怒りは、月麗にはなかった。ただただ、やるせない。

少し話しただけでも、黄仙妃が知性溢れる女性だということは分かる。もし彼女に然るべき地位と権限が与えられれば、海千山千の策謀家たちを向こうに回して立派に渡り合えるに違いない。それが、後宮という狭い世界に押し込められたために、こうして罪人として裁きを待っている。そのことが、ひどく哀しかった。

誰も、言葉を発さない。完全に黙り込み、内心を秘している。それは黄仙妃も同じだった。月麗を睨みつけることさえせず、ただ下を向いている。

龍によると、邦の朝廷の重臣には黄仙の者が複数おり、隠然たる影響力を誇っているのだそうだ。ということは、今こうしている間にも、その者たちが裏から手を回し罪が軽くなるよう奔走しているに違いない。黄仙宮の者たちが一様に緘黙しているのは、余計なことを言って裏工作に支障を来さぬためなのだろう。

ふと、月麗は不安を抱いた。もし口をつぐんでいるのなら、無理やりにでも吐かせようとすることもあるのではないか。

「あの」

いてもたってもいられなくなり、月麗は厚堅に訊ねた。

「まさか、手荒なやり方で口を割らせるなんてことはありませんよね？」

「拷問は、今帝陛下の思し召しにて禁じられております。まあ、それ以外にも聞き出し方はいくらでもございますが。とはいえ、黄仙の者がおめおめと口を割ることはありますまい。その前に、潔く自害しましょうな」

明日の天気でも話すような厚堅の口ぶりに、月麗は慄然とする。ここは後宮で、後宮は深い闇を湛えている。そんなことを、否応なしに思い知らされる。

月麗は、再び黄仙宮の面々を見やった。堂々たる態度の者もいれば、気弱そうに目を伏せる者もいる。ふて腐れた顔つきの者もいれば、落ち着いて現状を受け入れた様子の者もいる。

共通しているのは、覚悟だった。誰一人として、逃げようとする気配さえ見せない。みな、主である黄仙妃に絶対の忠誠を誓っているのだろう。たとえ、これから何が待っているとしても――

「――あれ？」

月麗は、あることに気づいた。月麗が最もよく知る黄仙宮の侍女が、いない。忠誠とも大義とも無縁なところにいるはずの彼女が、その姿を消してしまっている。

「あの」

月麗は黄仙妃に駆け寄ると、その場に跪き目線の高さを合わせた。

「お伺いしたいことが」

黄仙妃は、顔を上げず返事もしない。構わず、月麗は言葉を続ける。

「玉青はどこに？」

黄仙妃は口を閉ざしたままだ。普通に聞くだけでは、答えてくれないようだ。そこで厚堅に聞こえないよう、囁き声に変える。

「貴方の所にいた、人間の侍女です」

「どういうこと？」

黄仙妃が、顔を上げる。そこに浮かぶ怪訝そうな色は、偽りのものではないように感じられた。

「黄仙宮に、人間の侍女なんていないわよ」

胡仙宮の輔仙である蘇北風は、ひとり後宮を歩いていた。

北風の主である胡仙妃の情報提供により、黄仙宮の陰謀が明らかになった。秘密裏に鴆を飼育し、しかもその鴆の毒を帝に盛ったことが証明されたのだ。即座に逐宮に処されることも、大いにありえる。

胡仙妃は、現在刑部尚書の石厚堅と共に黄仙宮に赴いている。北風も同行したかったが、自分が一緒では毒を盛られた仕返しと映りかねず、控えることにした。黄仙宮が脱落してからも、争花叡覧は続く。胡仙宮は執念深いとか、一度受けた恨みを忘れないとかいった悪評を立てられることは、避けなければならない。

胡仙妃に、体を労れと命じられたのもあった。自身としては十分動ける感じであり、ひとたび黄仙宮と戦に及ぶことでもあれば先頭に立って斬り込む所存だが、実際完全に快復していない。今も、典医の元に行き診察を受けた帰りなのである。

ちなみに、胡仙妃は欧陽龍とお茶をしてくればどうだなどと完全無欠に余計な気を回してもきた。極めて深刻な誤解の存在を感じる。北風と龍は単に幼い頃から互いを知っているだけのことだ。それ以上でもそれ以下でもない。一度しっかり説明せねば――

「――お前は」

行く手に、突然女が姿を現した。身につけているのは、動きやすい胡服。袋を背負っている。顔には見覚えがある。黄仙宮の侍女だ。名は、林玉青といったか。

「おっと」

北風を見るなり、玉青は驚いた様子を見せた。

「念には念を入れたつもりだったけど。気づくのかあ。ほんと怖いところだね、ここ」

その服装。その発言。その言葉遣い。自分に悟らせず、突然姿を現したこと。いずれも、不審極まりない。直感的な警戒心が、北風の体を動かした。

空中に手を伸ばし、棍を喚ぶ。侍女の用いる武器は、各々の心を形となしたものだ。敬愛する主を守りたい、一族の悲願を達成したい――そんな思いが具現したものなのである。使い込むほどに鍛え上げられ、心が挫けなければ決して折れない。闘うという志ある限り、いついかなる時でも姿を現し、敵を討つ。

「その妖術みたいなの、ややこしいよね。再現するのに苦労したなあ」

玉青が言う。北風は答えなかった。お喋りに付き合うつもりはない。瞬時に間合いを詰めながら、斜めに棍を振り下ろす。

——この時。北風は、必殺の気合で棍を振るった。

黄仙宮の者は、宦官に至るまで刑部の取り調べを受けることになっている。ここに玉青がいることは明白な違命であり、叩きのめして身柄を押さえても何の問題もない。故に、一切の遠慮なく己の武芸の粋を叩きつけたのだ。

「なっ——」

しかし、北風の一撃は空を切った。確かにそこにいたはずの玉青が、かき消えたのだ。

「残念、残念」

北風の背後から、声がする。振り返ると、離れた位置に玉青がいた。

「狐が化かされちゃあ、様にならなくない？」

手にしたもの——呪符を目にした刹那、北風は全てを理解する。

「貴様は、道士！」

この玉青という侍女に、北風は強い嫌悪感を抱いていた。北風だけではない。麻姑や他の侍女たち、あるいは黄仙妃でさえも彼女につらく当たっていた。

——道士も、道士の用いる道具も、我々妖怪にとってまさに天敵。頭で考えるより前に、体が強く拒絶します。

胡仙妃に話した言葉が蘇る。そういう、ことだったのだ。

「本調子だったら、また違ってただろうけどね。――急々として律令の如くせよ」

呪語を唱えると、玉青は呪符を放つ。呪符が自らの眉間に貼り付いた、と理解した瞬間。

北風の全身から力が抜け、その意識は闇へと墜ちた。

胡仙宮は、黄仙宮と比較すると落ち着いた外見である。しかし地味ではなく、全体的な調和でもって美しさを表していた。黄仙宮は、完成度の高さが厳しさにつながり、やや疲れるところがある。一方胡仙宮は、穏やかさと癒やしを感じさせる。

そんな胡仙宮の前に、月麗たちはいた。

「やっぱり、姐姐はいません」

そう報告する麻姑の顔色は、真っ青だった。

――黄仙妃は、玉青の正体を知るなり「それはおそらく道士だ。自分たちは騙されていた」という方向へ速やかに転換した。それまでの沈黙が嘘だったかのように、「本当の流れ」を語り出したのだ。

傍らにいた輔仙も、事前に綿密な打ち合わせを行っていたかのように話を合わせ、あっという間に「忍び込んでいた人間に利用された黄仙宮」という形で流れが説明された。

事実、道術を使う道士でもなければ人の身で紛れ込むことは不可能だろう。岩のような刑部尚書がそう判断し、速やかに玉青の行方が捜索された。しかし、後宮のどこにもその姿は見つからなかった。

玉青を捜す途中で、更なる事実が明らかになる。北風も、行方不明になっていたのだ。

「姐姐は、本当に強いです。今の後宮で姐姐と互角に戦えるのは、白仙妃か灰仙宮の輔仙くらいしかいません。後宮に入らなければ、姐姐は将軍として活躍してたはずです」

麻姑が、両手で棍を握る。まるですがるように、強く握りしめている。

「でも、輔仙は本調子ではありませんでした。麻姑の鼻さえ出し抜くほどの道士が相手だと、どうなるか」

軽霄が、麻姑の言葉を引き継いだ。同じく棍を手にした彼女は、とても不安そうだ。

「捜しましょう」

侍女たちを見回し、月麗は力強くそう言った。胡仙妃として、とか。輔仙の役職にあるものがいないから、とか。そういうことではない。

「大丈夫。きっと見つかるわ」

彼女たちを不安にさせたくない。不安でいてほしくないのだ。

「胡仙妃、少しよろしいですか」

龍が現れた。

「蘇輔仙の姿は、宮城にも見当たりませんでした」

龍の声は、落ち着いている。それは、職務を果たす者の冷徹さ故か。

「相手が道士であるなら、最悪の可能性を考慮する必要があります」

あるいは、懸命に冷徹であろうとしているからか。

「宮城を守る禁軍や羽林軍のすべてを動かし、行方を追っています。最後に見かけたのは黄仙宮の侍女ですが、さほど時間は経っていません。明世までは逃げていないでしょう」

「そうなのですか？」

「明世と境世を誰かが行き来すると、世界が一瞬歪みます。その感覚が訪れていません」

月麗の脳裏に、鄻山で起きたことが蘇る。接すれど繋がらず、隣り合えど交わらぬものが、思いがけず重なり混じった感じ。あれのことを言っているのだろう。

「通常の人間には中々通れませんが、修練を積んだ道士には可能だといいます。おそらく帰る手立ても確保しているのでしょう。——であっても、逃がしはしませんが。世の果てまで追います」

そう言うと、龍は会釈して立ち去った。最後まで、動揺した様子は見せなかった。

月麗は侍女たちを見回す。龍の言葉に、みな衝撃を受けているようだ。麻姑など、唇まで色を失っている。

「みんなは手分けして捜してください。報告はいいので、捜す時間にあててください」

元気づけようと、月麗は努めて明るい声を出した。

「わたしは、胡仙宮から動きません。姐姐が無事なら、ここに帰ってくるでしょうから」

——その言葉には、嘘があった。

侍女たちを送り出すと、月麗は真っ直ぐ花室に向かった。

「わたしが、先に見つけないと」

月麗は、そう呟く。もし玉青が捕らわれたら、彼女は後宮の闇に呑まれるだろう。どれだけの苦痛と辱めが彼女を襲うか、想像もつかない。

月麗は、箱を手にした。胡仙の種と、灰仙妃からもらった種とが入ったものだ。それを懐に入れ、もふ猫に教わった道を抜けて「移動」する。辿り着く先は、明世と境世を分ける山の山道だ。

郝都を見やる。その城門は閉ざされていた。玉青を逃がさないように、ということなのだろう。もし玉青が都から出られなければ、月麗は無駄足だ。だが、おそらく玉青は抜けてくるだろう。月麗の推測通りであれば、こうなることも玉青は予測済みだろうから。

どれほど待ったか。境世の道から、一人の女性がこちらへ登ってくるのが見えた。

その身に纏うのは、動きやすい胡服。大きな袋を背負っているが、足取りは軽やかだ。

道なき道を踏破し、旅から旅へと生きてきた者だけが為し得る、力強い歩みである。

女性は、月麗の存在に気づくと立ち止まり、それから手を振ってきた。月麗は、振り返すこともせずそのまま待ち続ける。

「すごいなあ」

少し離れて月麗と向かい合うと、女性は――玉青はへらりと笑った。

「先を越されるとは思ってなかったよ。秘密の抜け道でもあるなこれは」

屈託のない表情、くだけた言葉遣い。これが本来の姿なのだろう。髪は、黄仙宮の長い髪形ではなく、短く揃えたものになっている。色も黒い。

「貴方を待っていました」

月麗は、そう告げる。

「お、嬉しいねえ。一緒に逃げる？」

月麗は、玉青の問いに答えない。代わりに、じっと見つめる。

「貴方が黄仙宮入りした時期を、黄仙妃に聞きました」

月麗は口を開いた。自分の問いを無視されたことも気にせず、玉青は話に耳を傾ける。

「それは、わたしが境世に来たのと同じ頃でした。おそらくは、本来の胡仙妃が逃げ出した騒ぎに紛れて、境世に潜り込んだのですね」

「その通り」

玉青が頷いた。

「道士の間で、境世への入り口がある地というのは伝説の如く語られてる。あたしはどうしても境世に渡りたくてさ、しらみつぶしにその一つ一つを回ったんだ。そして鄣山で、ようやく当たりを引いたってわけ」

——山が沢山あるが、せいぜい旅の道士くらいしか足を踏み入れることはない。

運ばれている時に、村の人はそう言っていた。なるほど、と月麗は納得する。

「まさか、自分以外にも人間がいるとは思わなかったけど。見罡答賽符を投げつけられた時にはぶったまげたよ。思わず反応しちゃったもんね」

——これ、魔除けとか妖怪祓いの呪符ですよね。わたしには通じません。

月麗が投げた札を受け止めた玉青が、そう言ったことを思い出す。あの時に気づいておくべきだった。普通の人間は、札を書き写すだけだ。道術を修めた者でもなければ、それがどういう効果を持つ呪符なのかなど分かるはずがないのである。

「出来が良かったのにも驚いたね。あたしの師匠は呪符が専門の符法師でね、その辺はきっちり仕込まれたから。自信持っていいよ。見本要るなら何枚かあげるよ？」

言って、玉青は懐から呪符を出す。呪符は花槍に変わり、棍に変わり、刀子に変わる。

どれも、まるで本物のようだ。

「そうやって、妖怪たちを騙したのですか」

「御名答」

玉青は呪符を元に戻し、懐にしまい直す。そして右肘を曲げ、顔の横で指を鳴らした。

途端、玉青の髪形も色も黄仙宮のものに変わる。同時に、ふわりと柔らかい香りが漂ってきた。

「この通り、人だとバレないようにする手段も沢山あるし。こちとら専門家だよ」

もう一度、玉青は指を鳴らす。髪は元に戻り、香りも消えた。

「道士と妖怪の相性の悪さばっかりはどうにもならなくて、めっちゃいびられたけどね。ま、色々手に入ったから全部帳消しってことで」

玉青が、今度は髪飾りを出した。眩い金色に輝いている。灰仙妃のものだ。

「見せていない」と言ったのも、そういうことか。月麗は理解する。指示で盗んだのではなく、自分で忍び込んで盗み出したのだ。

「大有殿だっけ？　そこに行って話した時、灰仙妃があんたに占ってもらったなって気づいたんだ」

あの時。月麗は灰仙妃から種をもらったと話した。それで灰仙妃が占いに来たと玉青は勘づき、髪飾りを見せたのだろう。そしてそれを見た月麗の反応で、確信を得たに違いない。

「あーヤバいなーもう潮時だなって思ってね。鴆を使わせてからバラして、その隙に逃げることにしたのよ。あんたの占いは結構当たりそうだしね。あたし、いかにも怪しげな力とか常識を乱すような神業とか信じる方なのよ。何せ道士なもんで」

髪飾りもしまうと、玉青はニヤリとする。

「しかし予想通りだったなあ。あんたが一番手強い」

「どうしてなんですか？　どうして、こんなことを」

「決まってんじゃん」

月麗の問いに、玉青は言下に答えた。

「金」

特に恥じる様子もない。

「とにかくものがいいからね、境世のは。すんごく高く売れるよ」

作物について語る農民のような。商品の話をする商人のような。そんな口ぶりだ。

「あ、そうだ。あんた、奪い合いをしている花の種を持っているでしょ。あれを持って帰って咲かしたり増やしたりするのはどう？」

玉青は、そんなことを持ちかけてきた。

「境世でも珍しい花っぽいじゃない。なら、きっと凄い薬効もあるでしょ。長寿とか不死とか、そういう掟破りのやつ。まあ、別になくてもいいけどね。見たこともない花が咲けば、その花びらに人は夢と幻を見出すから。

夢や幻は富を生む。富は力を育てる。力は威と化す。威は富を生み、かくして循環する。

夢幻が作り出す、無限の円環だね」

「やっぱり、分からないです」

月麗は首を横に振った。

「わたしは道学に詳しくありません。しかし、それを学んだ道士が妖怪変化と戦うのは、道術を用いて病を癒やすのは、すべて苦しむ民衆を救うためだということは知ってます。どうして、自分の欲に走るのですか」

「あー。ほんとマジメちゃんだね」

玉青は首の後ろをかく。面倒だなあ、という空気が発散される。

「──さっきも言ったけどさ、あたしの師匠は呪符が専門だったわけ。ありがたいお札を作って、それを大衆に売って生計を立てる感じね」

玉青の声は、懐かしむようなものだ。

「相手の要望を丁寧に聞いて、納得いく出来になるまでしっかり作り込んで。勉強も欠かさなかったよ。資料を読んで研究して、新しいやり方にも挑戦して」

一方で、瞳には影が差す。

「で、どうなったかって？　貧乏になって、借金がかさんで、最後は病気になって、苦しみながら死んだよ。立派で権威があるように見えるけど中身はやっすい呪符を作る道士に、客を取られちゃってね」

頬には、嘲りが貼り付く。

「分かんないわけよ。大衆は愚民なの。ものの値打ちを中身じゃなくて外側でしか量れないの。呪符に限らないでしょ。立派そうに見える人が、立派そうに見える箱に入れて売りつけたら、中身がいい加減でもありがたがって高い金を出して買うの」

何も言えないでいる月麗に、玉青は言葉を続ける。

「だったら、それに合わせるのが一番賢いの。何が是か非かって基準をね、移すのよ」

玉青は、袋から何かを取り出した。

「たとえばこれもそう」

それは、一匹の狐だった。額に呪符を貼り付けられている。魂が抜けたかのように、ぴくりとも動かない。

「——まさか！」

月麗は息を呑む。

「うん、おたくの輔仙さん。いきがけの駄賃ってやつかね」

狐の——北風の首根っこを摑んで、玉青はぶら下げる。

「坨山に獣あり。その姿狐の如く、白尾長耳あり。その名を狍狼。これが正しい来歴だけど、んなこたあどうでもいいのよ。どうせ誰も興味ないし」

ぶらんぶらんと北風を振りながら、玉青は話す。

「暴れないよう道術で操って、街の道端で芸でもさせるの。『この狐は妖女で、あちこちの王様を惑わせ国を傾けさせました』とか、『そのバチがあたって神様に狐に変えられました』とか、馬鹿でも分かる設定を付けてね。そしたら、時折人間の姿に戻せばいいわけ。顔は綺麗だし、お客様はみんな真に受けて投げ銭じゃらじゃらってわけ。儲かるよ」

「北風を、見世物にするんですか」

「うん。それが一番金になる。何より有効な基準でしょ」

分かりきったことだろうに、という顔で玉青は月麗を見てくる。

「天に思いやりを期待しないって話、したよね。あれと同じ。価値や中身が分からない世の中に、期待しないの。お金以外の基準で物事を評価できない世の中に、期待しないの」

――天に思いやりなんてないです。

あの言葉は、今でも理解できる。多分、月麗と彼女の出発点はとても近い。背中合わせに全く逆の方向を見て、そちらへ向かって歩き出しただけで。

「わたしは、出会った人が幸せだと嬉しい」

そんな玉青に、月麗は真っ直ぐ向き合う。嘘偽りのない気持ちを、伝える。

「それは勿論、貴方もです」

月麗は懐から箱を取り出し、蓋を開けてみせた。中にあるのは、いくつもの種だ。

「わたしも、この種はとても価値があると思います。一つでよければ、差し上げます。もしかしたら、貴方には追っ手がかかるかもしれない。逃げる足しにしてください」

蓋を閉じ、申し出る。

「その代わりに、北風と灰仙妃の髪飾りを返してください。お願いします」

玉青は黙って箱を見つめ、やがて口を開いた。

「――もう一度聞くけど、一緒に逃げない？　千載一遇の好機ってやつだよ。あたしじゃない。あんたにとって」

その声に、駆け引きの響きはない。心からの言葉のようだ。

「わたしには、貴方の言葉が理解できるところがあります」

だからこそ、月麗は真摯に答える。

「お師匠さんの話も、そう。わたしの師も、人の世を良くするための道を説き、遂に受け入れられることはありませんでした。わたしには、天を敬うことも崇めることも難しい」

玉青の目が、ならどうしてと聞いてくる。月麗は、首を振って見せた。

「なので。天命なんてものがあるなら、正面からそれに抗う。そう決めたんです」

観えた未来も、占った結果も。全ては変えるためにあるのだ。

「天がどういうつもりなのか占筮で問い質し、立ち向かいます。ものを盗んで逃げたりしたら、それはできません。天を仰いで恥じない生き方で、天命に逆らいます」

今度は、玉青は笑わなかった。目線を下に落として、黙り込む。

「隣り合った入り口から入って、まったく別々の出口に辿り着いたわけかあ」

そして、はあと玉青は溜め息をつく。正反対の考え方をする彼女が、月麗と同じ答えに辿り着いたらしい。

「素敵で、眩しいよ。でも、ね。あたしは埃まみれで曇ってても、楽に暮らしたい」

玉青は、右手を月麗の方に差し伸べると、素早く指を曲げ伸ばして様々な印を結ぶ。

「ごめんね。やっぱり自分が一番大事なんだ」

続いて縦向きに指を二本揃え、月麗に突きつける。最後に、その指を地面へと向ける。

「なっ――！」

その動きに合わせるようにして、月麗はうつ伏せに倒れ伏してしまった。道術だ。物凄い力で押さえつけられているかのように、微動だにできない。

「持ってきたものは返さないし、種はもらっていくよ。命までは取らないから安心して」

「待て」

玉青の声に、もう一つの声が重なった。男性のもの――帝のものだ。

「陛下、ですか？」

月麗は顔を上げる。帝の声がした瞬間、押さえつける力が消えたのだ。

「大丈夫だったんですか？　その、毒は」

「俺のことはいい。胡仙妃、お前はどうなのだ」

帝は、月麗の側にしゃがみ込んできた。そっと、額に触れてくる。

「――血が、出ている」

「あ、いえ。これくらい」

服の袖でぐいぐい拭く。

「また抜け道かあ。面倒なことになったぞこれは」

玉青は、月麗たちから距離を取る。続けて、目にも留まらぬ早業で両手一杯に呪符を広げた。北風は投げ捨てられ、道端に転がる。

「面倒なことなど何もない」

帝が立ち上がる。月麗は、肌に粟が生じるのを感じた。

「俺が瞋り、お前がその報いを受ける。ただ、それだけのことだ」

帝の声は、ひどく冷たい。燃え盛る炎でさえ、凍りつかせてしまうだろうほどに。

「よくも、月麗を傷つけてくれたな」

帝の体が、眩い光を放つ。みるみるうちに大きくなる。異なる形へと、変わっていく。

――四本の足。真っ黒の毛並み。長い尾。黄金の瞳。猫を、荒々しく獰猛にしたような容貌。それだけならば、虎と呼ぶことができるだろう。

だが、虎ではない。決して、あり得ない。

一つはその大きさだ。虎よりも、遥かに大きい。見上げるほどの、巨軀だ。

もう一つは、異なる部位が存在することである。背中に、翼が生えているのだ。闇を思わせる——漆黒の双翼が。

「そんな、まさか」

玉青が、その場にぺたりと座り込んだ。妖怪変化と戦う道士である彼女が、腰を抜かしてしまっている。

月麗も、足が震えて立てない。声を発することさえできない。玉青が抱いているだろう感情と、同じものに支配されているのだ。

四凶。帝の姿に、そんな言葉が重なる。伝説の内に語られる、世界を滅ぼしかけた四つの凶いだ。

瞳無き妖犬。

牙擁す猛夫。

角懐く暴羊。

そして——翼有る兇虎。

「窮奇」

玉青が、畏れと共に真の名を呼ぶ。

——西の涯、異国との境には、無限の砂が漠々と広がっている。昼は炎熱に焼かれ、夜は酷寒に凍てつく、命が存在することそれ自体を拒むかの如き地だ。

この地を作り出したのが、窮奇なのだという。元は、緑豊かな楽園だった。しかし、ふとしたことで逆上した窮奇は、一夜にしてそこに生きるすべてを殺戮し、何もかもを灰燼と変え、草一本生えぬ死の世界へと変えた。誰でも知っているような、言い伝えだ。

帝が唸った。地を、揺るがせるように。低く、重く、禍々しく。

——禍々しく。そんな表現が、月麗の胸の内で濁る。帝にそんな言葉を使ってしまったことが、後ろめたい。だが、どうしても取り消すことができない。帝の唸り声には、明らかに、魔の響きがある。

帝が、その翼を羽ばたかせた。翼は暴風を生み、暴風は玉青へと襲いかかる。

まさしく、嵐だった。彼方の木々がへし折れ、草は引き抜かれ、土は抉れ舞い上がる。玉青が逃れられるはずもない。あっという間に巻き上げられ、中空高く舞い上がってから、大地に叩きつけられてしまった。思わず、月麗は目を背ける。

「まだだ」

そんな声がした。歪んでいるが、それでも帝のものだと分かる。

目を開けると、帝が一歩前に踏み出すところだった。ずしん、と。大地が振動する。

その行く手には、玉青が仰向けに倒れていた。僅かに、体が動く。どうやら、命を奪われることはなかったらしい。

ずしん、ずしんと。重い足音が響く。帝が、一歩一歩玉青へと近づいていく。

――止めなくては。

咄嗟に、月麗は立ち上がった。帝をこのままにしてはいけない。

ゆっくり歩く帝を追い抜き、玉青の所に駆け付ける。しゃがんで触れてみると、玉青は息をしていた。脈もある。弱いがはっきりしている。やはり死んでいない。

安堵すると同時に、月麗は戦慄に襲われる。――帝はわざと殺さなかったのだろうか。あえて生かしておいて、改めてむごたらしく止めを刺すつもりなのだろうか。

そんなことをさせるわけにはいかない。月麗は立ち上がり、帝に向き直る。

「――っ」

そして、凍りついた。迫り来る帝の、その恐ろしさ。

伝説は、おそらく伝説ではない。理屈を超えた部分で、月麗はそう確信する。帝の祖先は言い伝え通り、永劫に続く死をもたらしたに違いない。

そして、それは再現されるとも確信する。間もなくこの邽都で、破壊と殺戮が繰り返される。観た未来が、すぐそこまで迫っている。

「どう、しよう」

北風や玉青を見捨てて逃げるわけにはいかない。かといって、連れて逃げる手立てはない。

地面を震わせる重い音が響いた。帝が、近づいてくる。のんびり手立てを考えている時間はない。今すぐに何とかしなければ。ああ、せめて事前に占っておけばよかった――

「――ううん。わたし、占ってる」

思い当たる。そう、「帝との関係をどうすればよいか」「帝のために何ができるか」と確かに占った。ただ、占筮が答えてくれなかったのだ。同じことを何度も占うなと返してきたのである。

同じことを占ったということは、以前の占いに手がかりがあるということになる。月麗は、これまでの占いの内容を必死で振り返り始めた。

「どれだ、どれだ」

灰仙妃の髪飾りの行方を占った。七日で戻ると出た。本来の胡仙妃の未来を占った。幸せになると出た。帝の心を誰が摑むかと占った。狐がヘマをすると出た。麻姑の頑張りについて占った。いつか結果が実ると出た。帝と好きな人の関係について占った。虎の尾を踏んで喰らわれることになると出た。――虎。

地面を砕くような足音が響いた。その主を――翼の生えた虎を、月麗は見やる。

「これ、か」

全てが腑に落ちた。

——あの時月麗は、帝と恋の相手との関係を占った。帝は月麗に恋（勿論食べ物として）をしている。ならば、月麗が帝との関係を聞いても、それは同じ問いになる。

履の三番目。虎の尾を踏む、人を喰らう。そんな結果だった。ほぼ現状を完全に占っている。自分の腕前が恐ろしい。

「とか調子に乗りたいとこだけど、全然そんなことないのよね！」

後から答え合わせができたところで、意味はない。事前に読み切り、その未来を変えてこその占筮である。

垣間見た帝の未来が、まざまざと思い出される。燃え上がる邽都と、立ち尽くす帝。ここで喰らわれるわけにはいかない。何としても、未来を変えるのだ。

占筮の言葉を、記憶から引っ張り出す。

——帝位を履んで疚しからず、光明あるなり。

思い出したのは、そんな言葉だ。

「帝の位を踏んでもやましくなければ、光明が見える」

本文を口にする。希望が湧いてくる。

「帝位を踏む」とは、普通帝の地位につくことをいう。とはいえ、月麗がここで境帝として即位するとかそういう話はしていないと思われるので、別の解釈が必要だ。

では何だろうか。まさか文字通り帝を足蹴にするわけにもいくまい。相手が大きすぎるし、帝を踏みつけるというのは、何というか、やましくないどころかやましさしかない。

などと考えているうちにも、帝は一歩また一歩と近づいてくる。

「――げ、ろ」

その地鳴りの如き足音に混じって、声が聞こえる。

「逃げろ。その者らを連れて」

歪んでいても、分かる。帝のものだ。

「おぞましいだろう？　これが、俺の正体だ。常日頃どれだけ律していても、同じだ」

血を吐くようにそう言うと、帝は体を震わせた。

「ひとたび怒りに我を忘れれば、己の本性を思い出してしまう」

月麗は、帝の瞳を見る。黄金の輝きは衝動に猛り、殺戮に渇き、そして――苦悩に満ちていた。

「俺は、不幸を撒き散らす、化け物なのだと」

月麗は理解する。帝は、忌んでいる。己の内に脈打つ暴力を、父祖から受け継いだ兇悪を、世に災厄をもたらす己自身を。

「化け物で、すまない」

帝の声が、ひび割れていく。

「さあ行け、行くんだ」

獣性が、帝を支配し始めているようだ。

「俺が、俺でなくなってしまう前に！」

言葉の終わりは、最早吠え声だった。

「──いえ」

それでも、なお。

「わたしは逃げません」

月麗は、踏み止まることに決めた。

「何を考えているのだ、この愚か者めが！」

帝が叫ぶ。普段使わないような、強い言葉が混じっている。いよいよ理性が弱っているのか。

「陛下は──貴方は、確かに獣の顔を持っているのでしょう。ひとたび解き放ってしまえば、恐るべき禍いと化すような」

それでも、月麗は向き合う。

「しかし、化け物ではありません」

──怖くないと言えば、嘘になる。しかし、自分一人で逃げ出すことはどうしてもできない。北風や玉青を、置いてはいけない。

「わたしには、それが分かります」

帝を、このままにしてはおけない。

「そんな言葉だけでは、とどまれぬ」

帝が、牙を剝いた。笑っているようだ。

「温かい言葉をかけられて、それで幸せな気持ちになって終わりにできるほど」

その笑みは、とても荒々しく。

「俺の業は、浅くはない」

そしてまた、ひどく痛々しい。

「俺のような一族が境世の主とされているのは、その力故だ。三つの世を覆すような擾乱が起こった時、徹底的にねじ伏せ破壊するための道具として、俺は帝位にあるのだ」

帝の翼が空を撲った。暴風が、真下の地面へと一直線に叩きつけられる。

「俺はただ、悪あがきをしているだけなのだ。求められてもいない善行を積んで、己の正体から目を逸らしているだけなのだ」

見ろ、と言わんばかりに帝が翼を掲げる。地面には、帝の両の翼が穿った一対の穴が開いていた。ひどく巨大だ。帝の心にも、これほどの穴が開いているのかもしれない。

「なるほど、分かりました」

だからこそ、月麗は一歩踏み出す。——踏む。ああ、その通りだ。ここで距離を詰めることは、まさに虎の尾を踏むような危険な行いだ。

「では、こうしましょう。本物の胡仙妃のように、わたしたちも逃げませんか」

しかし、月麗は怯まない。他に踏んづけてやりたいものがあるのだ。

「帝の仕事なんて、どうだっていいじゃないですか。逃げちゃいましょう」

帝位。彼を雁字搦めにし、化け物だなどと自覚するよう促す、檻にも似た何か。それを、足蹴にしてやるのだ。

「昔のように、旅をしましょう。一人旅は何かと大変だったんですけど、貴方が一緒なら安心です」

やましいところがなければ、光明が見える——そんな占いの言葉を思い返す。

占いは当たりに行くもの、外しにかかるもの——師のくれた助言を噛みしめる。

「さあ、どうしますか？」

そして、月麗は踏み出す。未来へ進むための、一歩を。

帝は、何も言わなかった。懊悩も露わに下を向き、時に爪を出した前足で地面を掻く。その度に、地面が削り取られる。

「——すまぬ」

どれだけ悩んだか。帝は、唸りと共にそう絞り出した。

「魅力的な提案だ。実現すれば、どんなに素晴らしいかと思う。しかし俺にはできぬ」

きっと、心の底からの言葉だ。

「この邦という境のことも、そこに暮らす者たちのことも、争花叡覧に集められた女たちのことも、見捨てていくことはできぬ」

彼の思いが形になった、言葉だ。

「ほら。貴方はそう言うと思いました」

勿論、嘘ではない。帝は、帝なら、そう言うに違いないと月麗は確信していた。

「帝に生まれたから、ではなく。貴方は貴方として、他のみんなのことを考えている」

月麗は、帝に微笑みかける。

「そんな優しい貴方が、化け物なはずはないです。ましてや道具だなんて。そんなわけ、ないんですよ」

「賢しらな言葉を、並べおって！」

帝が怒鳴った。月麗は、微動だにしない。先程までの怖れは、嘘のように消えていた。

「頭を嚙み砕かれても、同じことが言えるか！」

たじろがない月麗に業を煮やしたか、帝が口を開き襲いかかってくる。鋭い牙が、月麗を突き刺し引き裂こうと迫り来る。

「ね？」

しかし、その牙が月麗に届くことはなかった。

止まった――否、止めたのだ。帝が、自らの意志で。己を、制したのだ。

牙が、日の光を受けて光る。それは、光明だ。天命に従うのではなく、諦めるのでもなく、革める。そんな未来へと繋がる、光の道筋だ。

「大丈夫です」

そう、未来だ。未来へ一歩踏み出すのは、月麗だけではない。帝もだ。

言葉だけではとどまれぬと帝は言った。ならば、言葉以上のものを、一緒に届けてみせる。それが、帝の幸せの手がかりになるように。

「貴方が貴方でなくなることなど、ありません」

帝の顔の横、その肩に、月麗は自分の体を埋める。

体格に差がありすぎて腕を回せないが、関係ない。心で、彼を抱き締める。

――りん、と。音がした。

この鈴の音を、月麗は知っている。破壊だとか、苦しみだとか、そういったものとは正反対のところにある響きだ。

次にしたのは、ぽむっという音だった。これまた、破壊やら苦しみやらとは縁遠い。もっと間抜けで呑気な響きだ。

「へ？」

月麗も間の抜けた声を発した。巨大で怖い四凶の一角は、その音と共に姿を消していた。

代わりに現れたのは、小さくて可愛い生き物である。

「むむ、これは何たることだ」

小さいといっても、さっきまでいた吼えたり人を吹き飛ばしたり地面を揺るがすような唸り声を上げる虎と比較してのことだ。月麗だと一抱えくらいには感じられる。

「まさか」

猫である。それも月麗がよく知る猫である。

「まさかまさか」

黒い毛で、もふもふとした、そんな猫である。

「もふ猫の正体は！　陛下だったのですか！」

もふ猫は、にゃーんと鳴いた。ただし、帝の地声で。

「しまった。失敗した」

そして、そんなことを言った。やはり、帝の地声で。

「陛下の馬鹿！　ひどいです！」

両脇をがっしと捕まえ、顔の前まで持ってくる。

「帝に向かって馬鹿とはなんだ」

ぶらーんと体を伸ばしながら、もふ猫改め猫帝が抗議してくる。

「昔とある邪臣が鹿を馬だと言って皇帝に見せたみたいな話がありまして、馬鹿という言葉はそこに由来するとも言われます。肩書きが帝の誰かさんに使うのは割と適切です」

「むう。帝とは、故事を引用して説教されると弱い生き物だ」

　猫帝がしょんぼりとする。

「そんなことよりも！　陛下はわたしを騙してたんですね！」

　猫帝は答えず、前足をぺろぺろと舐め始めた。

「毛繕い禁止です！」

「むう。猫とは、叱られ緊張すると毛繕いで気を紛らわせようとする生き物なのだが」

「禁止なものは禁止です！」

　更にもう一喝してから、月麗ははっと気づく。

「もしかしなくても！　わたしが色々言ったこと、全部聞いてたんですね！」

　急にぱっとは思い出せないが、月麗はもふ猫に向かって色々話したはずだ。

「実は、猫でいる時の記憶は人に戻ると失われる。花室の抜け道を通って邽都の外に出てから色々話したことなど、何ひとつ覚えてはいない」

「ばっちり覚えてますねそれ」

　左右にぶいんぶいんと揺らす。

「やめろ、揺らすでない」

　猫帝が悲鳴を上げた。中々効いているようだ。

「まったくもう」

散々揺らしてから、月麗は猫帝をぎゅっと抱く。

「待て、中々苦しいぞ」

猫帝がじたばたするが、構わずに抱き締める。

本当によかった。心から、そう思う。帝が元に戻れて、よかった。観た未来を変えられて、よかった。

「ううむ」

帝は遂に、もがくのを止めた。そして、ごろごろと喉を鳴らす。

「ありがとう」

そんな帝の言葉に、月麗は小さく頷いたのだった。


「――ぬう」

小声で、北風は呻いた。

狐から人の姿に戻っている。実を言うと、もう大分前から呪符の効果が切れていた。動けるようにもなっている。侍女としては、速やかに立ち上がらねばならないところだ。

しかし、帝と主がとってもいい雰囲気である。ここで「いやあひどい目に遭いました」

などと言いながらのこのこ出て行くわけにはいかない。侍女ではあるが、四六時中主の傍らに侍っていればいいというものではない。いなくていい場面では、いなくていいのだ。

これも侍女の務め。北風はぐっと堪える。しかし、土はどうにも冷たかった。

「――うー」

小声で、玉青は呻いた。

意識は戻っている。実を言うと、護身用の呪符で身を守ったのでそこまで打撃は大きくなかった。動けるようにもなっている。悪党としては、この隙を突きたいところだ。

しかし、帝と月麗がとってもいい雰囲気である。ここで「その姿では最早戦えまい。覚悟」などと言いながらのこのこ出て行くわけにはいかない。悪党ではあるが、自分を命がけでかばってくれた他人の恋路を邪魔するほどの外道にはなれない。いいことをすべき場面では、いいことをするのだ。

これも悪党の定め。玉青はぐっと堪える。しかし、土はどうにも冷たかった。

結「境帝の心は路行く人も知る所なり」

ある日のことである。帝は胡仙宮に渡り、夜更けまで胡仙妃と語り合っていた。

「その科挙という仕組みを、いくつもの国が採用しているのだな」

帝が訊ねる。

「はい。国によっては、あんまり機能してないんですけどね」

月麗が答える。

「ええっ」

「なんてこったい」

甲高い声がして、丸いものがいくつも部屋にころころと転がり込んでくる。宦官だ。

「麻姑、押すな！」

「いやだって、姐姐の頭が邪魔で――あっ！」

続いて、どさどさと誰かが続く。北風や麻姑以下胡仙宮の侍女たちである。誰も彼も、中の様子を窺っていたらしい。

「も、申し訳ありません！」

北風が叩頭しようとする。しかし、その額は床に激突する寸前で止まった。

「善哉」

帝が、ふっと微笑む。

「何か気になることがあるのか。忌憚なく申してみよ」

そして、北風に訊ねた。

「恐れながら申し上げます」

顔を上げると、北風は表情を引き締める。覚悟を決めたらしい。

「陛下と胡仙妃が仲睦まじくお過ごしのこと、胡仙宮に仕える者として大慶に存じます」

北風の目が、月麗たちの様子に向けられた。

「――しかし、しかしです。床を共になさるのではなく机を挟んで座られ、交わされる囁きは愛の言葉ではなく国の仕組みか何かについて。これは一体いかなる仕儀にございましょうか。宦官たちも、なんてこったいとずっこけて転がるというものです」

「ものです」

宦官たちが、声を合わせて北風の言葉に続いた。可愛い。

「答えよう。明世における官吏登用の仕組みについて講じてもらっている」

「帝と妃が！　夜更けまで政のお勉強！」

帝の返答に、北風が愕然とした。

「色々と、事情がありまして」

月麗は、おそるおそる説明を始める。

――なぜこういう話をしているのか。それは、月麗が帝に「そもそも、何で帝なのに自分のありかた一つ決められないんですか？」と聞いたことに始まる。

帝の説明は、「貴族が朝廷で大きな影響力を持っていて、古いしきたりを変えることを拒んでくる」「色々と改めようとしているが、味方が少なくて苦労している」というものだった。そこで、月麗は明世――人間の世界ではどうかという話を教えることにしたのだ。

人間にとって、権力闘争なんてものは朝飯前かつ日常茶飯事である。師が世を良くしようとしていた関係もあり、そんな光景は胃もたれするほど見てきた。いくらでも教えられるのである。

「そんな、陛下のご寵愛(ちょうあい)をお受けかと思いきや、そんな」

話を聞いた北風が、茫然(ぼうぜん)とする。

「寵愛、寵愛か。よし」

何やら頷くと、帝は転がりこんできた一同を見渡した。

「今胡仙妃が話した通りだ。俺は勉強で忙しい。もう夜も遅い。休め」

その言葉に、月麗は戸惑う。帝のことだから、「お前たちも聞いていけ。面白いぞ」くらいのことを言うかと思いきや、そうでもなかった。

「さて、話の続きだ。優秀な人材を選抜する仕組みが機能しないとは、どういうことか」

魂の抜けた北風を先頭に一同が出て行くと、帝は話を再開した。

「最後の段階で、外見とか話し方みたいな、主観でどうとでもなるものを基準にしちゃって。及第を決める役割を貴族が独占しちゃえば、もう骨抜きですよね」

話しているうちに、ふと月麗は思う。そういえば、こうして胡仙妃になってしまったのは科挙にまつわるあれこれがきっかけだった。あの時月麗は、そこら辺の金持ちから「何を女占い師風情が」という扱いを受けた。

そもそも、大抵の場合はそうだ。女の言うこと、身分の低い人間の言うこと。言葉の内容ではなく、それ以前の部分で仕分けられてきた。しかし今は、帝の肩書きを持つ相手が大真面目に話を聞いてくれている。

「なるほど。黄家の者がそのやり方に気づかないはずはない。きっと自分たちに都合のいい形で運用するだろう」

考え込む帝の顔を、月麗はじっと見る。帝は、月麗の話を真剣に聞いてくれる。馬鹿にせず、軽んじることもなく、大切にしてくれる。何だか、何なのだろう、この感じ。

「む？　どうした」

月麗の視線に気づいたか、帝が見返してきた。

「あの、えーと。黄家——黄仙妃の家は、今も朝廷を支配しているのですね」

月麗は、慌てて誤魔化す。

「ああ。あの一件は、大きな痛手にはなっていない。俺がそう計らった、ともいえるが」

月麗は黄仙妃を思い出す。最後まで、龍のように堂々としていた彼女のことを。

——黄仙妃である黄小容は、退宮となった。妃が帝に毒を盛るという前代未聞の事態に、より厳しい対処を求める声も少なくなかった。権力を奪おうと企んだ他の貴族の仕業であれば、数少ない改革派が攻撃の機会ともしたのだろう。

最終的に判断を下したのは帝だった。反対の声を抑え、逐宮にはしなかったのだ。

厳しい処分を下した場合、彼女が同族から激しく責められることは想像に難くない。咄嗟の判断で、黄仙妃は被害者であるかのように装った。それに効果があった——という形にし、彼女の面目が立つようにしたのだ。

ちなみに「加害者」である玉青は、いつの間にか姿を消していた。後には、髪飾りと何枚かの呪符が置かれていた。考えを変えた、ということではないだろう。月麗が彼女を見捨てなかったことへの、彼女なりの筋の通し方だったに違いない。

そして、自分なりの筋を通したのは、黄仙妃も同様だった。

退宮とは、名誉を保っての脱落を意味する。よって送別の宴が開かれた。月麗も灰仙妃も参加した。白仙妃は帰還が間に合わず、柳仙妃は寝坊して代わりに輔仙がやってきた。

「純なるかな灰仙妃や、誠なるかな灰仙妃や。我、黄仙妃黄小容、灰仙妃を讃え我が種をすべて譲らんとす。乞う、受け取られんことを」

その宴の場で、黄仙妃は灰仙妃に種を全て譲種した。

「えっ」

これには、さすがの灰仙妃も驚いた。彼女の髪には、あの髪飾りが輝いている。

「他の皆様にも、お別れの品を差し上げます。わたし手ずから渡すのですから、何者かが毒を盛る心配は要りません」

自嘲気味にそう言うと、黄仙妃は柳仙宮の輔仙や月麗にも贈り物を手渡した。

「これで決着がついたとは思わないで。大人しく里に引っ込むつもりはない」

香木が入った小箱を渡すと、黄仙妃は月麗だけに聞こえる小さな声で言った。

「我が智、我が才、我が謀——邽都の城壁でも止め得ぬ」

その言葉が、今も月麗の耳に残っている。この言葉も、灰仙妃にすべての種を譲ったのも、首を洗って待っていろという意思の表れなのだろう。困ったものである。こちらはそういう後宮陰謀物語に興味はないというのに。

「胡仙宮の侍女たちはみな優秀だ。様々な権限を与え、間者として活動させるのはどうだろう。占部尚書の配下という肩書きもあるのだから、色々と暗躍できよう」

　月麗を追憶から呼び戻したのは、帝の言葉だった。後宮陰謀物語の新章の幕が切って落とされようとしている。だから興味ないんだってば。

「胡仙妃兼占い大臣としてお断りします。占い大臣を陰謀担当にしないでください」

　月麗を、帝は厳しい眼差(まなざ)しで見据えてきた。

「占筮者(せんぜい)の元には様々な情報が集まるだろう。それを生かせ。あるいは、占いを通じて貴族どもを攪乱(かくらん)するのもよいな。胡仙妃の占筮は、後宮で信頼を集めていると聞くぞ」

　確かにそうなのである。灰仙妃の髪飾りが奪われ戻ってきたことは、後宮でも話題になっていたのだ。元々誰にも知らせていなかったことなので、そのまま伏せていてもよかったのに、灰仙妃は触れ回ってくれたのだ。お陰で、随分とお客さんが来るようになった。ちなみに、この前灰仙妃に会った時笑顔で挨拶したら睨(にら)まれてしまった。仲良しこよしのお友達にはならないぞということらしい。哀(かな)しい。

「お断りします」

　という話はさておき、月麗は帝の提案を拒絶した。

「秘密を守るのは占筮者の義務ですし、そういう明らかに危険な占いもしてはいけません。占筮とは真心と信義をもって恭しく占うものです。後宮陰謀物語の道具にしないでください」

「冗談だ。本気にするな」

　にこりともせずに帝は言った。

「冗談なら冗談で、もう少しそれと分かる形で言ってください」

「分かった。もう少し冗談を学ぶこととする。龍(りゅう)辺りに教授を頼もう」

「あ、それはちょっと面白いですね」

「どちらも冗談ではないのだが。俺は冗談を交えた軽妙な語り口を身につけたいし、龍は存在そのものが冗談に近い」

　大真面目にそう言うと、帝はふと考え込む。

「占筮を冗談にするのも不適切だったかもしれんな。俺は一度、軽く扱い怒られている」

「そうですよ」

　その時のことを思い出し、ムムムとなってしまう。初めて会った時、月麗がかっとなって食ってかかったあれだ。

「誤解のないよう言っておくと、俺はお前にとって占筮がどれだけ大切かということをよく知っている。修業中の姿も見ているからな」

　そんな帝の言葉が、月麗を追憶の過去へと連れて行く。毎日占いの勉強に明け暮れていた、あの頃。決して裕福ではなかったけれど、心は豊かだった日々。

「そういえば、どうして陛下は明世に？」

　ふと、月麗はそんなことを訊ねた。考えてみると、聞いたことがなかったのだ。

「境帝の後を継ぐ、という重圧が厳しくてな。逃げたのだ」

想定以上に重そうな気配がする答えが返ってきた。

「龍の手引きもあり、首尾良く外に出られた。それはそれは大騒ぎになったそうだ」

帝が、僅かに笑む。したくない話だったのかと心配したが、本人は割と楽しそうだ。

「見るもの聞くものが初めてでな、実に楽しかった。中々危ない目にも遭ったが」

「──あ。最初は、川に流されてましたね」

その時の光景が、まざまざと蘇ってくる。川辺で魚を釣っていたら、何やら川上から黒いものが流れてきた。よく見たら猫で、慌てて助け出したのである。

「うむ。魚を捕ってみたくて川に足を踏み入れたら、流れにさらわれてしまった」

「帝位継承者ともあろう者が、魚を捕り損ねて危うく溺れ死ぬところだったんですね」

思わず噴き出してしまう。

「今ならしくじりはしない。鍛練を積み、様々な魚を確実に捕ることができる」

帝が言い募った。ちょっとムキになっているらしい。

「はいはい。また今度その腕前を見せてくださいね。──しかし、懐かしいですね」

月麗が過去に思いを馳せると、帝も頷く。

「初めのうちは戸惑ったものだ。一人の師の元に異なる目的を持った者が集い、同じ学問に切磋琢磨する。同じ目的を持った者が集い、バラバラなことをして足を引っ張り合う後宮や朝廷とは、まさしく正反対だったからだ」

　帝の表情が、緩む。

「だが、それでも――いや、それだからこそ成り立っていたのだろうな。今思えば、とても楽しい時間だった」

「そうでした。先生がいて、みんながいて」

「そして、お前がいた」

　帝が、月麗の瞳を見つめてきた。

「お前は勉強熱心で、人に優しかった。何度挫折してもめげない強さもあった」

　その眼差しの、火傷しそうな熱さ。表情は変わっていないが、内の感情は大きく動いている。随分と読み取れるようになったものだ。

「一方で、時折ひどく寂しそうな顔をした。不安や弱気に駆られる横顔も見せた。言いかけた言葉を飲み込むこともあった。それが切なかった。ただ見ているだけで、何もできない自分が情けなかった。――だから、逃げるのをやめて邦に戻ったのだ」

「帝になって、お前が来て。俺は狼狽えた。まだ、俺に十分な力はない。権力も、改革も、すべてが中途半端だった。今のままでは、早すぎると。しかし、抑えきれなかった」

　などと感慨に耽っている場合ではない。これはまずい。

　帝の瞳が、更に燃え上がる。危ない。このままでは――餌として喰らわれてしまう。

「ま、待ってください！」

化け物だという思い込みから解放されたはずなのに、食欲の方は変わらないのか。

「落ち着いて！　落ち着いてください！」

月麗は飛び上がるようにして椅子から離れると、帝から逃れようとする。

「お前の優しさや、強さや、放っておけなさに触れて、我慢ができなくなったのだ」

帝は、あっという間に距離を詰めてきた。そして、月麗の手首を掴む。

「あっ――」

強い力。逃げられない。帝は、月麗の前髪をまくり上げてきた。かつらは食べないということだろうか。美食家だ。

「待って、待ってください」

などと感心している場合ではない。帝が、どんどん近づいてくる。ほとんど、抱き合うような距離。ああ、もうだめだ。月麗は、固く目をつぶる。

「へ？」

待っていたのは、不思議な感覚だった。額に、何かが触れたのだ。閉じたばかりの瞼を開き、月麗は事態を理解する。

「へ⁇」

帝が、月麗の額に――口づけていたのだ。

月麗の思考が、完全に停止する。ただただ、茫然と立ちつくすばかり。一体全体、何が起こってるの？

どれほど、そうしていただろうか。帝が、そっと唇を離した。それに応じて、月麗の頭の中で思考が再開される。

最初に筮竹を使って占ったのは、帝の恋愛相手だった。そうだ。そしてそれは後に月麗だということが判明した。そうだ。月麗が好きというのは、あくまで食べ物としての話だった。そのはずだ。しかし、帝は今あんなことをしてきた。つまり恋愛相手とは、そんな、嘘でしょ！

月麗は帝を見上げた。帝は、何も言わない。代わりに、今まで見たことがないほどに優しい笑みを浮かべている。

「――あの」

その笑みに、引かれるようにして。月麗は、帝の胸にこつんと頭を当てた。もふ猫の姿をした帝を抱きかかえていた時とは丁度正反対の、そんな体勢だ。

「あの。わたし、ただのわたしなんです。生贄の妃じゃなかったら、占い大臣がいいところです」

ぼそぼそと、帝の袍に月麗は言葉をぶつける。

「それでも、いいんですか」

「ああ」

笑顔と同じくらいに優しい声が、月麗の耳まで降りてきた。

帝はそれ以上何も言わなかった。月麗も、黙ったままでいた。ただ、互いに身を寄せ合うだけだった。

男の人とこんなに近くで過ごすのは、初めてだ。すごく、どきどきしてしまう。

一方で、不思議と落ち着いてもいた。それは、ほっとするという感じでもなければ、癒やされるというのとも違う。もっとくすぐったくて、温かくて。上手に言葉にできないけれど、はっきりと分かる。そんな、何かだ。

何もしないで、ただ時間が流れていく。帝と妃がそれでいいのか、そういうものなのかという感じもする。でも、どきどきも、言葉にできない何かも、このままでいてほしいと月麗に告げてくる。訴えてくる。

だからきっと。今は、これでいいのだろう。月麗は、そう思った。

しかしながら。今は、これでいいのだろうか。境帝・洪封は、そう焦った。

寵愛、という言葉に煽られて、つい行動に移ってしまった。短慮だったかもしれない。行動そのものに、大きな瑕疵はなかったとは思う。笑顔についても、過不足なく作れているはずだ。右腕とも恃む龍から懇切な助言と指導を受け、密かに練習してきた。誰もいない時を見計らっては、鏡に向かって笑いかけ続けたのだ。

問題なのは、ここからである。どうすればいいのか。取るべき自分の行動は何なのか。科挙についての話を再開すべきなのか。それとも「ではまた」などと言って部屋から出ればいいのか。あるいは、まったく新しく蒸餅（じょうべい）の話などを始めればいいのか。

笑顔のまま固まっていると、月麗が封の袍をきゅっと握ってきた。

――はっ、となる。

胸に、温かい何かが広がる。彼女が与えてくれる、彼女だけが与えてくれる、何か。

焦りが、ほぐれていく。心が、安らいでいく。

だからきっと。今は、これでいいのだろう。封は、そう思った。

あとがき

どうも尼野ゆたかです。この度は佐々木禎子さんと僕のコラボ小説「生贄妃は天命を占う　黒猫と後宮の仙花」を手に取って頂き、まことにありがとうございます。

はてさて。「コラボ小説とは一体何なのだ」というのが皆さん抱いていらっしゃる疑問かと思いますので、僭越ながら関わった皆様を代表して説明いたします。

この企画は、佐々木禎子さんの構想を元に始まったものです。というか、佐々木さんが打ち合わせ中に担当編集のM崎さん（僕の担当さんでもあります）に「尼野ゆたかにはこういう小説を書いてほしいのだ」と突如プレゼンを始められ、M崎さんは「いいですね。じゃあ編集会議に持っていきますね」と快諾され、編集会議では「なるほど。ではやってみよう」とGoサインが出て、M崎さんから連絡を頂いた僕は「分かりました。やります」と二つ返事でお引き受けしたわけです。

今のご時世とてもあり得ないようなスムーズな流れであり、そんなバカなと思われる向きもありましょう。何を隠そう僕自身そう思います。そんなバカな。

はてさて。スムーズだったのは、あくまでこの段階まで。ここからが正念場でした。

佐々木さんとM崎さんは、お忙しい時間を縫ってストーリーやキャラクター、作品世界の設定を作られたわけですが、その期間はなんと半年以上に及びました。原作者と執筆者が分かれるケースは（僕自身ノベライズの経験があります）両方が作家で、なおかつスピンオフ等ではない完全新作というのはあまり例がなく、本当に手探りだったのですね。

その間僕は何をしていたかというと、全部お任せで実家の犬と遊んでました。というのは嘘で、事前に伺った方向性を元に参考とすべき資料をゴリバキに読んでおりました。他の原稿を書きつつ、コラボ小説を支える土台を作り込むべくもう決死の覚悟で沈潜いたしました。枚数に余裕がなくリストアップできませんが、あれこれ読んだなあと思います。

そうしているうちに、遂に完成したストーリー等を頂くことになりました。その時に感じた重みは今でもありありと思い出せます。物語にも登場人物にも、命と情熱が宿っていました。これを殺すわけにはいきません。魂を乗せなければ。そう決意しました。

コラボというからには、ＡＩの如く言われたものをはいはいと形にして一丁上がりというわけには参りません。こちらから訊ねるべきを訊ね、閃きを加え、僕が書くという意味を刻みつける必要があります。簡単なことではありませんが、もうとんでもなくやり甲斐がありました。前例があまりないことに挑戦できるって最高です。そしてその挑戦の対象がとても素敵な物語なのですから、これは作家冥利に尽きるの一言でありました。

はてさて。それでは謝辞を。いつもは割と長々と連ねるのですが、この三ページ目がラストでありまして。この物語を形にしてくださった方々に絞ってお伝えします。

担当のM崎さん。また貴方と作品を作ることができて本当に嬉しいです。力み返る僕を根気強く導いてくださったお陰で、書き上げることができました。感謝しております。

佐々木禎子さん。あれこれ色々ありがとうございます。実を申しますと、佐々木さんはまだ原稿を読んでいらっしゃいません。「信頼してすべて任せます」と仰り、本の完成を待ってくださっているのです。光栄なことです。「尼野ゆたかに書かせて良かった」「面白いものを読むことができた」と感じて頂けるものになっていますように。

紫藤むらさきさん。素敵なイラストをありがとうございます。ラフを頂戴した時に担当さんに熱弁してしまいましたが、絵というものやデザインというものへの鋭い感性や熱いこだわりを感じ、圧倒されました。月麗たちに代わってお礼申し上げます。

そして、読者の皆様。皆様が佐々木さんや僕を、富士見L文庫様を、あるいは小説を出版するという営みを支えてくださっているおかげで、この度の挑戦を現実のものとすることができました。ありがたき幸せに存じます。

それでは今回はこの辺で。この「生贄妃」の世界も、あるいはコラボ小説という形式も、どんどん広がっていけばいいなあ！　どうぞ盛大な応援をよろしくお願いします。

二〇二三年　三月　締切当日　午後二時前頃　尼野ゆたか

富士見Ｌ文庫

生贄妃は天命を占う
黒猫と後宮の仙花

尼野ゆたか
原案：佐々木禎子

2023年５月15日　初版発行

発行者　山下直久
発　行　株式会社 KADOKAWA
〒102-8177　東京都千代田区富士見2-13-3
電話　0570-002-301（ナビダイヤル）

印刷所　株式会社暁印刷
製本所　本間製本株式会社
装丁者　西村弘美

◇◇◇

定価はカバーに表示してあります。

●お問い合わせ
https://www.kadokawa.co.jp/（「お問い合わせ」へお進みください）
※内容によっては、お答えできない場合があります。
※サポートは日本国内のみとさせていただきます。
※ Japanese text only

ISBN 978-4-04-074810-8 C0193